KB145912

기울어진 시간

김덕배 장편소설

기울어진 시간

우리들은 죽지 않았어요

벌써, 잊어버린 건 아니겠지요

도화

기울어진 시간

초판 1쇄인쇄 2016년 4월 5일
초판 1쇄발행 2016년 4월 7일

저 자 김덕배
발행인 박지연
발행처 도서출판 도화
등 록 2013년 11월 19일 제2013－000124호

주 소 서울시 송파구 성내천로 39
전 화 02) 3012－1030
팩 스 02) 3012－1031
전자우편 dohwa1030@daum.net
인 쇄 미래프린팅

ISBN | 979－11－86644－10－2*03810
정가 12,000원

도화道化, fool는
고정적인 질서에 대한 익살맞은 비판자,
고정화된 사고의 틀을 해체한다는 뜻입니다.

차례

책머리에

필자는 2014년 4월 16일 세월호가 침몰해 온 나라가 슬픔에 빠져 있는 가운데 학원을 가려고 4호선 전철을 탔습니다. 충무로역에 내려 1번 출구로 나가 10미터쯤 가니 때마침 봄바람이 휘몰아쳐 가로수의 벚꽃이 춤을 추듯 떨어졌습니다. 다른 날 같았으면 참 아름답다고 느꼈을 텐데 그날은 떨어지는 벚꽃을 본 순간 세월호 고등학생들이 오버랩되어 나도 모르게 눈시울이 뜨거워졌습니다. 학원 강의가 끝나 집으로 돌아온 필자는 그들의 영혼과 온 국민의 슬픔을 달래주고 싶어 자판을 두들기기 시작했습니다.

이 소설은 세월호가 침몰하면서 함께 수장된 250여 명의 학생과 열두 명의 선생님, 그 외 수십 명의 일반인 가운데 세 명의 학생과 두 명의 선생님이 저승에서 겪는 일을 중심 테마로 하고 있습니다. 김세담 학생은 같은 학교 여자친구인 이시은을 비롯해 여러 명의 친구들을 구하고 하늘나라로 갑니다. 그는 하늘나라에서 원죄 없는 잉태자로 태어난 것이 확인 돼 두 명의 친구, 두 명의 선생님과 함께 지구태양계 밖의 케플러-186f 위성으로 가게 됩니다.

케플러-186f의 정식 이름은 '영파워 XQ'입니다. 영파워 XQ 위성은 온 천체에서 유일하게 영혼 개조를 할 수 있는 위성입니다. 세담을 비롯한 지구의 영혼들은 영혼 개조의 방에서 그곳 인간으로 개조되고 그 위성의 징표인 영혼의 목걸이와 반지를 받습니다. 그 목걸이와 반지가 살에 닿는 순간 목걸이는 24분, 반지는 12분 영혼으로 변하고, 지구에서는 생체 12분, 영혼 12분으로 변하게 만드는 귀한 보석입니다.

한편 영파워 XQ 위성 지도부는 지구에서 위성을 쏘아 올려 자기들을 사찰하는 것과, 신의 영역인 핵 개발을 하는 것이 못마땅합니다. 그래서 지구 정화를 위해 UFO 모선을 만듭니다. 그 모선의 선장과 결혼을 한 문주미 선생은 선장에게 세담 일행을 지구로 가는 모선에 꼭 태워 달라고 부탁합니다.

모선을 타게 된 세담 일행은 미국과 러시아를 거쳐 한국 안산 상공까지 오게 됩니다. 선장의 호의로 집에 들르게 된 일행은 12분 생체, 12분 영혼이 되어 그리운 식구들을 만나 애절한 순간을 보내고 모선으로 돌아옵니다.

한편 지구에 도착한 이보수 역사 선생은 집이 아니라 여왕이 있는 왕궁으로 갑니다. 역사 선생은 여왕과 생체로 대화를 통해 세원호 사고의 진실을 캐물으며 4월 16일에 어디 있었느냐고 추궁합니다. 하지만 여왕은 제대로 이야기를 하지 않습니다. 그러자 이보수 선생은 여왕을 영혼 속으로 인도하여 세원호가 수장되는 앞 뒤 다섯 시간의 영상을 보여주는데 그 위로 나체의 낯뜨거운 장면이 동시에 오버랩됩니다. 역사 선생과 여왕은 충격을 받은 얼굴로 고개를 돌려버립니다. 잠시 후 눈물을 흘리며 잘못을 시인한 여왕은 양심선언을 하면서 지난 60년의 대한민국을 회상합니다. 이 땅에서 진즉에 친일파들은 청산했어야 하는데 그러기는커녕 오히려 권력을 위해 그들의 행태를 따르다가 큰 실수를 했으니 왕의 자리에서 사퇴할 수 있다고 선언합니다. 이에 감동한 역사 선생은 타고 왔던 소형 이글아이(UFO)를 고장 낸 채로 두고 갈 테니 그것을 통해 영파워 XQ 위성의 뛰어난 기술력을 배워 부디 대한민국에서 두 번 다시 세원호 참사 같은 일이 일어나지 않는 정의의 나라로 만들라며 떠납니다.

필자는 이 소설을 쓰면서 세월호 참사를 부른 우리 사회의 구조적인 문제를 짚어보고 싶었습니다. 그것이 꽃다운 나이에 피어보지도 못하고 꽃비가 되어 바닷속으로 스러져 간 아픈 영혼들을 진정으로 위로하는 길이라 생각했습니다.

또한 우리 아이들이 영혼이 되어서라도 잘 살기를 바라는 간절한 마음으로 영원의 이야기를 다루게 되었습니다.

잊지 않고 기억하는 것이 살아남은 자들의 몫이라고 생각합니다.

2016년 4월

저자

그림 속 영혼

꽃의 계절인 4월이다. 그림을 좋아하는 세담은 계절에 도취되어 하루하루가 즐겁다. 산과 들에는 진달래와 벚꽃이 만발하고, 새들은 번식의 계절을 맞아 온종일 재잘거린다. 세담은 오늘 모처럼 시은이와 즐거운 한때를 보낼 생각이다. 그래서 시은의 스케줄에 맞추어 서울시청 도서관으로 데이트 코스를 정했다. 둘은 안산 중앙역에서 만나 전철을 타고 서울시청 역에 내려 본청 건물인 도서관에 도착한다.

시청 도서관은 구 건물을 현대식으로 단장해 밝고 깨끗하게 바뀌었다. 천천히 도서관을 한 바퀴 돌던 세담이 미술책 코

너에서 중세시대의 화집을 집어 들고 의자에 앉아버린다. 그런 모습을 어이없는 표정으로 바라보던 시은이 물었다.

"너는 그림이 나보다 더 좋으니?"

책에서 시선을 거둔 세담이 더듬거리며 대꾸한다.

"어-어 아니, 그림보다 네가 더 좋지."

하지만 시은은 새침한 표정으로 돌아선다.

"엎드려 절 받기네, 나 집으로 돌아 갈래."

세담은 미안한 표정으로 시은을 보며 웃는다.

"이것만 보고 일어날게. 재미있게 놀다가 점심때 맛있는 것 사줄 테니 화 풀어."

시은이 정색을 하고 물었다.

"세담아, 넌 왜 그렇게 중세 그림을 좋아하는 거야?"

미켈란젤로의 '천지창조'에 눈길을 주고 있던 세담이 그제야 시은을 똑바로 바라본다.

"시은아, 나는 이 그림을 보면 볼수록 사람이 아닌 미켈란젤로의 영혼이 그린 것 같다는 생각이 자꾸 들어. 레오나르도 다빈치의 '최후의 만찬'도 좋지만 천지창조를 보면 신의 걸작 품이라는 생각이 들어. 그런 생각 때문에 대학 들어가면 아르바이트를 해서라도 로마의 베드로 성당 시스티나 천정에 그려진 천지창조 그림을 꼭 보고 말 거야."

말을 하면서도 가끔 책장을 넘기던 세담은 '보티첼리의 비너스'를 신비한 표정으로 보고 있다.

"너, 이 비너스 보면 신비하지?"

시은의 진지한 말투에 세담이 고개를 끄덕인다.

"그래, 나는 미켈란젤로의 천지창조 다음으로 신비한 게 보티첼리의 비너스야!"

시은이 그런 세담을 보고 다소 짓궂게 놀린다.

"너 오늘은 다른 날 하고 많이 달라 보인다."

그러자 세담이 활짝 웃으며 짐짓 과장스럽게 뱉는다.

"그래, 사실은 오늘 네가 보티첼리의 비너스보다도 더 신비한 예술품으로 보여."

"뭐 신비한 예술품? 너, 나 놀리는 거지?"

"놀리긴?! 너는 나의 보물이고 천사야."

세담의 말에 기분이 좋아진 시은이 살짝 웃는다.

"세담아, 너는 뛰어난 예술 감각과 맑은 영혼이 있어 꼭 한국의 미켈란젤로가 될 거야. 난, 믿어."

그 말에 세담이 기분이 좋아 반색을 하며 몸을 일으킨다.

"시은아, 뭐 먹고 싶어?"

"뭐 사줄 건데?"

"나를 한국의 미켈란젤로가 될 거라고 비행기 태웠는데 무엇인들 못 사주겠어. 우리 나가자!”

세담은 시은과 함께 대한문 옆 이탈리아 파스타 가게로 들어가 파스타를 먹고 나서 모처럼 온 김에 덕수궁에도 들어가 보자고 한다. 시은도 흔쾌히 고개를 끄덕인다.

어깨를 나란히 한 세담과 시은이 천천히 걸어 덕수궁 안으로 들어간다. 벚꽃이 만발한 덕수궁 안에는 차이코프스키 백조의 호수가 흘러나와 춤을 추고 싶은 충동을 일으킨다. 때맞추어 바람이 휙 지나가자 하얀 벚꽃이 눈 내리 듯 쏟아진다. 한 폭의 그림 같다. 시은이 갑자기 꽃비 속으로 들어가 춤을 추기 시작한다. 그 모습을 본 세담은 시은이 마치 보티첼리 비너스의 여주인공이 되어 꽃 속에서 춤추는 환상에 사로잡힌다. 그러면서 자기도 모르게 꽃비 속으로 들어가 살며시 시은의 손을 잡는다. 손을 잡힌 시은이 한참 동안 세담을 물끄러미 바라보다가 수줍게 고백한다.

“세담아, 나 오늘 그림에 대한 너의 열정에 사로잡혔어.”

“춤추는 네 모습이 너무 아름다워. 네 춤에 내 영혼이 합쳐진 것 같아서 앞으로 그림을 더 잘 그릴 것 같아. 대학에 입학해서 처음 그린 그림은 너에게 바칠게.”

시은은 미소를 지으며 세담의 귓가에 소곤거린다.

“세담아. 너는 꼭 한국의 미켈란젤로가 될 거야.”

그 말에 세담이 활짝 웃으며 화답한다.

"고마워, 시은아. 반드시 너의 기대에 보답할게."

덕수궁의 하얀 꽃비와 차이코프스키의 음악에 흠뻑 젖어 있던 세담과 시은은 흘끔거리는 주위의 시선에 겨우 정신을 차리고 전철역으로 걸음을 옮긴다. 전철을 타고 안산으로 오며 시은이 세담에게 물었다.

"이번 수학여행 갈 거지?"

"그럼, 고등학교 마지막 수학여행인데 꼭 가야지."

"그래 같이 가자, 미의 세계를 그림으로 남기겠다는 너, 글을 쓰겠다는 수영이, 성악가가 되겠다는 상호, 그리고 나, 우리 모두에게 아름다운 추억을 남기는 시간이 될 거야."

수학여행 가는 생각에 들뜬 기분으로 전철역에서 내린 둘은 버스 정류장으로 걸었지만, 세담은 꽃비 속에서 춤추던 시은의 모습이 눈앞에서 맴돌아 그냥 헤어질 수 없을 것 같다.

"시은아, 오늘은 이대로 헤어지기가 싫다."

시은이 세담의 눈을 보며 물었다.

"그럼 커피라도 마실까?"

"영화를 한 편 보고 싶어."

"어떤 영화?"

"지젤이라는 영화인데 발레에 관한 이야기야."

“그 영화라면 발레리나를 꿈꾸는 모든 이들의 로망을 다룬 영화라는 정도는 나도 알고 있어.”

“맞아. 세상에서 가장 아름다운 발레 이야기면서도 죽음을 뛰어넘는 두 남녀의 사랑 이야기가 인상적인 영화라는 동아리 선배의 말을 듣고 너와 꼭 한번 보고 싶었어.”

세담의 말에 시은이 수줍게 웃으며 그렇다면 빨리 영화를 보러가자고 재촉한다. 세담과 시은은 전철역 근처에 있는 영화관으로 서둘러 걷는다. 때마침 영화가 막 시작되고 있었다.

어둠 속에서 자리를 찾아 앉는 둘의 눈앞에 몽환적인 군무가 펼쳐지고 있다. 그때부터 두 시간이 어떻게 지나갔는지도 모를 정도로 황홀한 순간이다. 심장병을 앓고 있는 아름다운 미모의 시골 처녀 지젤은 평민으로 가장한 알브레히트 왕자와 사랑에 빠진다. 사랑의 기쁨도 잠시, 지젤을 사랑하는 힐라리온이 질투에 눈이 멀어 알브레히트의 비밀을 밝히자 지젤은 그 충격으로 결국 목숨을 잃으며 1막이 끝난다. 2막에서는 죽은 지젤이 사랑의 결실을 맺지 못한 여인이 죽어서 되는 숲 속의 요정 윌리가 된다. 지젤은 그녀의 무덤을 찾은 알브레히트가 윌리들의 포로가 되자 그를 지켜내기 위해 혼신의 힘을 다한다. 그런 그녀의 모습이 너무도 아름답고도 그로테스크하게 그려지고 있다. 푸른 달빛을 표현한 은은한 조명 아래서 펼쳐지는 군무는 무용수들의 일사불란함과 기교가 섬세하게 표현되어 몽환적이면서 황홀하다. 극적인 대조를 이루는 1막과 2막으로 더욱 돋보이는 발레리나들의 몸짓과 두 남녀가 함께 추는 춤에 세담과 시은은 할 말을 잃는다.

세담은 특히 죽음도 넘어선 지젤과 알브레히트의 사랑의 여운이 가슴을 촉촉하게 적신다. 죽어서도 사랑을 잊지 못하는 비련의 여인 지젤의 모습을 보며 저도 모르게 눈물이 흘러 시은이 모르게 닦느라 곤혹스럽다. 단순한 발레 공연 실황만 보여주는 게 아니라 공간을 초월한 두 남녀의 이루어질 수 없는 사랑에 자꾸 목이 매인다. 이루지 못한 사랑을 그리워하는 두 무용수의 아련한 로맨스는 극이 절정에 다다를수록 더욱 강렬해져 세담은 깊은 감명을 받는다.

드디어 영화가 끝나고 극장 안이 환하게 밝아지고 세담이 시은의 얼굴을 보니 온통 눈물 자국이다. 시공간을 넘어선 두 남녀의 시적이고 드라마틱한 사랑에 세담과 시은은 할 말을 잃은 채 영화관을 나온다. 밖으로 나와서야 간신히 격정이 진정된 듯 시은이 세담을 바라보며 말한다.

"세담아, 너무 감동적인 영화를 보여주어서 정말 고마워. 이 시간을 잊을 수 없을 것 같아."

"시은아. 나도 너와 똑같은 기분이야. 오늘 이 시간을 죽어서도 잊지 못할 거야."

"죽어서도라니…… 살아서 함께 이 시간을 영원히 기억해야지."

"그래, 맞아. 시은아 우리 반드시 그렇게 하자. 그리고 오늘은 너와 함께 우리 집에도 가고 싶어."

"뭐? 별안간에 너희 집에?"

"엄마한테 네 이야기를 했더니 오늘 아침에는 너희끼리만 만나지 말고 나도 한번 보여주면 안 되겠니? 하셔서……"

"그래? 나도 그동안 너희 엄마가 어떤 분이기에 너 같은 아들을 두었을까? 궁금했어. 명랑하고 가벼운 것 같으면서도 예술적 안목이 남다르게 뛰어난 널 낳아주신 분을 나도 뵙고 싶었어!"

세담은 시은이 말에 행복한 표정이다. 그때 시은이 불쑥 물었다.

"그런데 너희 엄마 뭘 좋아하시니?"

"꽃을 좋아하는데 그중에도 백합을 좋아해."

시은은 근처 꽃집으로 들어가 백합, 장미, 안개꽃을 섞어 예쁘게 포장해 들고 세담의 집으로 향한다. 안산 중앙역 앞에서 버스를 타고 단오고등학교 근처에 내려 십 분쯤 가자 다세대주택이 보인다. 세담은 그 다세대주택들 가운데 한 곳으로 들어가며 목소리를 높인다.

"엄마, 나 시은이 하고 같이 왔어!"

그 소리에 기다렸다는 듯이 세담 엄마가 문을 열고 나오며 반색을 한다.

"시은이 하고 같이 왔다고? 어서 들어오너라."

"안녕하세요? 이시은입니다."

"그래, 진즉부터 보고 싶었는데 잘 왔다."

시은은 단아한 모습의 세담 엄마를 보고 마음이 편안하다. 혼자서 아들 키우기도 힘들 텐데 집안이 흐트러짐 없이 잘 정돈되어 있다. 시은이 주위를 둘러보며 너무 깨끗하다고 하자 세담의 엄마 변 여사가 입가에 미소를 머금는다.

"깨끗하다니 기분이 좋구나. 그런데 이름과 같이 시은이가 시적이고 아름다운 백합 같아 내가 기분이 더 좋구나. 요즘 불현듯 세담 아버지 생각이 나서 쓸쓸했는데 너를 보니 새삼스럽게 기분이 좋아져 그이를 잊을 것 같구나."

"그럼, 제가 자주 와야 되겠네요."

"그러면 좋지. 칼국수 해줄게 먹고 가겠니?"

"예."

그때 베란다 난간에 흰 비둘기 한 쌍이 사뿐히 내려앉아 시은을 쳐다본다. 서로 주둥이를 맞대고 구구 소리를 내는 것이 마치 시은이를 반기는 것 같다. 시은은 그 모습이 너무 신기하고 반가워 어쩔 줄 모른다.

"비둘기가 나를 반기나 봐!"

"그런가봐. 시은아, 저 비둘기 한 쌍은 우리 식구나 다름없어. 가끔 거실에도 들어와! 네가 우리 집의 귀한 손님인줄 알고 인사하는 것 같다."

시은은 기분이 좋다. 아무래도 내가 세담이네 식구가 되려나? 그런 생각을 하니 비둘기가 더 예뻐 보인다.

시은은 변 여사가 만들어 준 칼국수를 맛있게 먹고 집으로 돌아가기 위해 세담과 버스 정류장으로 나오며 생각에 잠긴다. 어머니와 아들 둘만 살아도 행복해 보이는 세담의 집이다. 처음 본 세담 엄마와 사진으로 본 세담 아버지는 예술가 분위기가 흠씬 풍겼다. 그런 두 분 사이에서 태어났으니 세담이가 미적 감각이 뛰어난 게 아닐까 싶다. 시은은 명랑하고 예술적이며 맑은 영혼의 소유자 세담에게 더욱 끌리는 것을 느낀다. 상호와 수영이 같은 좋은 친구들도 세담이 곁에 있다. 그런 친구들과 함께 수학여행 갈 생각을 하니 시온은 가슴이 벅차온다.

버스 정류장 가까이 온 시은이 세담에게 다짐받듯이 말한다.

"너, 수학여행 꼭 가는 거다."

"그래, 간다니까!"

세담은 큰 소리로 대답하며 시은의 손을 꼭 잡는다.

"세담아. 큰 배 갑판에 올라가 우리들이 가끔 연습한 '오페라의 유령' 앞부분만 불러보면 어떨까? 그런 생각을 하면 가슴이 설레."

"그래, 좋은 생각이야. 시은아, 우리 그날 상호와 수영이가 놀라게 오페라의 유령 앞부분만 여기서 다시 한 번 연습하자."

둘은 가던 길을 멈추어 선 채로 오페라의 유령 앞부분을 부른다. 그런 둘의 모습을 보면서 사람들은 '좋을 때'라고 한마디씩 하면서 지나간다. 어떤 어른은 나도 저런 때가 있었는데 하며 부러운 눈으로 한참을 바라본다.

기쁜 마음으로 세담과 헤어진 시은이 집으로 들어서자 엄마가 대뜸 물었다.

"무슨 좋은 일이 있었어?"

"무슨 일은? 세담이네 갔는데 세담이 엄마도 좋아하셨지만 그 보다도 흰 비둘기 한 쌍이 베란다에서 구구대며 나를 반기는 것 같아 기분이 야릇하고 좋았어."

한껏 들뜬 표정의 시은을 넘겨다 보던 엄마가 조심스럽게 한마디 건넨다.

"시은아, 세담이와 너무 가까워지면 안 돼."

“왜 안 되는데? 혹시 세담이가 아버지 없이 엄마하고 둘이만 살아서 그런거야?”

“그게 아니고 대학에 들어가서 더 친해지라는 뜻이야.”

“엄마는 지금이 무슨 6, 70년대야 왜 그렇게 노파심이 심해. 우리들 일은 우리가 알아서 할 테니 너무 걱정 마셔.”

수학여행

제주도 수학여행을 가는 날 세담은 버스를 타고 인천 여객선부두로 간다. 부두에는 6천 톤 세원호가 위용을 자랑하며 떠 있고 그 너머로 푸른 바다가 보인다. 세담은 바다를 보자 가슴이 트이고 코끝에 와 닿는 짠 냄새와 해초가 보내는 싱싱한 바람에 기분이 상쾌하다. 바다 냄새에 취해 있던 세담은 수영이와 상호가 나타나자 반갑게 맞는다.

"너희들 조금 늦은 것 같다."

"늦긴? 누굴 기다려?"

"시은이!"

세담의 대답에 수영과 상호가 마치 합창하듯이 말한다.

"야! 너 여자 친구 있다고 너무 티내지 마라."

"티내긴, 늦으니까 기다리는 거지."

수영과 상호가 배로 가자고 하지만 세담은 시은이 오면 같이 가겠다며 그들을 먼저 보낸다. 세담은 시은이 너무 늦는 것 같아 연락을 하자 곧 갈 테니 걱정 말라며 전화를 끊는다. 출항 시간이 가까워도 나타나지 않아 세담이 안절부절 못하는데 시은이 헐레벌떡 뛰어온다.

"세담아 내가 늦었지, 몸이 조금 안 좋아서 엄마가 가지 말라는 것을 뿌리치고 왔어."

"얼마나 안 좋은데?"

"갑자기 감기 기운이 있어서."

"나는 그런 것도 모르고 걱정 돼서 전화 한 거야. 괜찮겠어?"

"걱정마, 어서 가자."

염려말라는 듯이 몸을 한 바퀴 돌려보인 시은이 앞장서서 학생들이 모여있는 곳으로 걸어간다.

난생 처음 큰 여객선에 승선한 단오고 학생들은 인솔교사의 안내로 선내에 들어가서 남학생들과 여학생이 각각 지정된 선실로 들어간다. 세담의 선실은 시은이 바로 옆방이다. 선실 배정이 끝난 학생들은 갑판 위로 올라가 드넓은 바다를 보고 소리를 지른다. 세담도 친구들과 함께 크게 심호흡을 하고 야호를 외치고 있는데 시은이 다가온다. 상호가 기분이 좋다며 18번인 '오 솔레 미오'를 열창하자 세담과 수영도 따라 부른다. 상호의 노래가 끝나자 세담과 시은도 그동안 연습한 오페라의 유령 앞부분을 열창한다. 상호와 수영이 앙콜을 외치자 세담이 은근히 시은을 부추긴다.

"난 됐고. 시은아, 보리수 한번 불러봐라!"

"그래, 너희들이 그렇게 애원한다면 불러야지."

시은이 우쭐한 표정이 되어 흔쾌히 앞으로 나와 맑고 청아한 목소리로 보리수를 부른다. '서편에 달이 호숫가에 질 때에 저 건너편에 동이 트누나……' 세담은 노래를 들으며 마음속에서 저절로 우러나오는 감탄과 환호에 몸이 떨린다. 옆에서 듣고 있던 상호가 놀란 표정으로 시은을 보며 말했다.

"시은아, 너의 노래는 천상의 소리로 들려. 하늘의 천사가 부르는 소리로 들렸어."

"칭찬이 과하다. 천사라니?"

"아냐, 천상의 목소리 맞아?"

옆에 있던 수영도 거들고 나선다.

"상호 말이 맞아. 천상의 아리아였어."

"너희들이 그렇게 비행기 태우니 한 곡 더 불러야겠지만 감기 기운 때문에 먼저 내려가서 쉬어야겠다. 제주도 가서 앵콜 불러줄게. 미안해."

세담은 감기 기운으로 얼굴이 핼쓱한 시은을 선실로 데려다 주고 다시 갑판으로 올라와 친구들과 어울린다. 출발시간이 되었는데도 배가 움직이지 않는다. 무슨 일인가 하면서도 세담과 친구들은 바다를 짙게 점령해 오는 안개의 늪에 몸을 맡긴 채 모처럼만의 해방감을 만끽하고 있다. 잠시 후 안개로 출항이 늦어진다는 안내방송이 들려왔다.

결국 세월호는 2시간 30분 늦어 어두워진 후에야 인천을 떠나 제주도로 출발했다. 객실로 내려간 세담과 친구들은 한참 동안 놀다가 늦게야 잠자리에 든다. 얼마를 잤을까? '기상! 기상!' 하고 외치는 인솔교사의 고함에 일어나니 벌써 아침이다. 세담은 친구들과 식당에서 아침을 먹고 갑판으로 올라가 크게 심호흡을 하고 다도해를 중심으로 펼쳐진 바다의 풍경을 마음껏 감상하고 있다.

그때, 안산 집 베란다에서 놀고 있어야 할 흰 비둘기 두 마리가 세담의 주위를 빙빙 돌고 있다. 깜짝 놀란 세담이 반가워서 손을 흔들자 끼룩끼룩거리며 맴돌던 비둘기 한 마리가 먼저 사라지고 한 마리만 남아 이상한 몸짓을 하며 계속 끼룩거린다. 세담은 비둘기들이 대견하게도 자기를 따라 여기까지 왔다고 생각하고 두 손을 흔들며 반겼다.

그 순간, 갑자기 배가 기우뚱하더니 옆으로 기울기 시작하면서 세담이 몸의 중심을 잃고 비틀거리고, 확성기에서는 밀물 때문에 롤링하는 것이니 동요하지 말고 제자리를 지키라는 방송이 다급하게 흘러나온다. 세담은 바다에서는 잠시 이런 때도 있는가 싶지만 배가 점점 더 옆으로 기운다. 그러자 불안한 사람들이 객실로 뛰어 내려가고 구명조끼를 입고 갑판 위로 올라오는 사람도 있다. 세담은 불현듯 시은이 걱정되어 3층 객실로 뛰어 내려간다.

3층 객실 복도는 벌써 물이 차기 시작하고 있다. 세담은 재빨리 구명조끼를 입고 옆방의 객실로 들어가 다급히 시은을 찾는다. 방송의 지시를 곧이곧대로 믿고 있는 선생님의 통솔로 여학생들은 제자리에 앉아 꼼짝을 않고 있다. 잔뜩 겁먹은 여학생들 틈에 앉아 있던 시은이 세담을 보자 얼른 일어선다.

불길한 예감에 사로잡힌 세담이 시은의 손목을 잡고 문을 열고 나오려고 하지만 시은은 몸이 불편한 현숙이부터 갑판으로 먼저 올려보내라고 소리를 지른다. 세담은 재빨리 다리가 불편한 현숙의 손목을 잡고 복도로 나와 2층 계단으로 밀어 올린다. 현숙에게 서둘러 갑판으로 올라가라 이르고는 복도로 내려왔지만 그동안 들어찬 물의 압력 때문에 객실 문이 열리지 않는다. 세담이 있는 힘을 다해 밀어보았지만 꿈쩍도 않는다. 때마침 지나가던 어른에게 도와달라고 고함을 질러 둘이 힘을 합쳐 간신히 문을 열고 들어서자 등 뒤에서 문이 확 닫힌다. 시은의 손목을 움켜잡은 세담이 문을 열려고 하지만 꿈쩍도 않고 문틈으로 물이 쏟아져 들어오고 있다. 세담은 그때까지도 제자리를 지키라는 말만 되풀이하고 있는 선생님에게 고함을 지른다.

"선생님. 같이 문을 열고 학생들을 빨리 갑판으로 올려보내야 합니다. 위급한 상황입니다."

하지만 인솔교사인 문주미 선생은 완강했다.

"방송에서 기다리라고 했으니 무슨 조치를 취하겠지, 이럴 때일수록 질서를 지켜야 돼."

"아니에요. 이럴 때는 선생님 개인의 판단이 옳을 수도 있어요."

그때 스마트 폰이 요란하게 울리자 문주미 선생이 스마트 폰을 열고 대뜸 소리를 지른다.

"엄마? 왜 또 전화 해!"

"주미야. 윤희 엄마에게 전화가 왔는데 배가 기울고 있다며 괜찮은 거야?"

전화기 속의 목소리가 울먹이지만 문주미 선생은 태연하게 대답한다.

"엄마, 난 괜찮아."

"괜찮긴 뭐가 괜찮아! 너 만이라도 빨리 빠져 나와!"

"애들을 놔두고 나 혼자만 나간다는 것은 말이 안 돼?"

"그럼 너만 억울하게 죽어! 정신 차리고 빨리 나와."

"엄마 말이 맞다고 해도 애들을 내버려두고 혼자만 살자고 빠져 나갈 수는 없어."

"주미야, 정신 차려! 너 잘못되면 나도 못 살아."

"괜찮아, 엄마 어서 전화 끊어. 아이들과 함께 무사히 학교로 돌아갈테니 너무 걱정하지 마."

전화를 끊은 문주미 선생이 주위를 둘러보니 그사이 객실 안에 들어찬 물이 무릎까지 잠긴다. 물이 많이 차서 그런지 문이 수월하게 열리자 세담은 시은의 손목을 잡고 재빨리 복도로 나왔다. 하지만 복도 끝에서 물이 끝없이 밀려들어 오고 있다. 객실에서 대기하고 있던 학생들이 겁에 질려 복도로 몰려나와 2층 계단으로 올라가려고 아우성이다. 그때 세원호가 기우뚱하며 50도로 기울자 복도는 순식간에 물바다가 된다. 구명조끼를 입고 있던 여학생들이 물 위에 둥둥 떠서 엄마, 아빠, 선생님을 부르며 비명을 지르자 그때야 문주미 선생도 어쩔 줄 모르고 소리를 지른다.

"얘들아, 무엇이든지 잡고 버텨. 그러면 구해 줄 거야."

하지만 잔뜩 겁먹은 학생들은 '엄마, 아빠 살려줘요. 선생님 어떡해요' 하고 울부짖으며 물 위를 이리저리 떠다닌다. 세담은 재빨리 자기 혁대를 풀어 시은이 허리춤에 묶은 다음 꽉 움켜잡는다.

"시은아. 내가 시키는 대로만 해! 우선 숨을 크게 들이 마시고 머리를 물속에 넣고 계단까지 헤엄쳐 가는 거야. 비상구로 통하는 계단까지 가! 알았지? 자, 가는 거야…… 물속으로……"

세담과 시은은 물속에 머리를 넣은 채 비상구로 올라가는 계단까지 가서 머리를 들지만 파도가 또 출렁하며 배 안으로 물이 쏟아져 들어오는 바람에 계단 안쪽으로 밀려난다. 배관 파이프를 잡은 채 버티고 있던 문주미 선생님은 학생들에게 자기를 꽉 붙잡고 있으라며 자꾸 고함을 지른다.

"내 발이라도 잡고 조금만 기다려! 그럼 구조팀이 올 거야!"

그러나 세원호가 점점 더 기울자 학생들은 문주미 선생을 붙잡은 채 울부짖다가 구명조끼 없이 버티던 학생들은 물속에 잠겨 물고기가 흙탕물에서 죽어갈 때 입에서 방울방울 물을 토해내듯 공기방울을 뿜어내며 정신을 잃어갔다.

세담은 안간 힘을 다해 소리를 지른다.

"시은아, 아까처럼 머리를 물에 넣고 내가 시키는 대로 해, 자 가는 거야!"

마지막 힘까지 모두 쏟아부어 시은을 2층 계단에 밀어 올린 세담은 그후에도 세 명의 친구들을 2층 계단 위로 밀어 올리고는 기진맥진 지쳐서 물속에서 정신을 잃고 말았다.

물의 나라

물의 나라 황제는 아침부터 슬픔이 엄습해 오는 착잡한 기분에 창밖을 물끄러미 내다보고 있다. 그때 나풀나풀 떨어지는 꽃송이들 속에 무엇이 웅크리고 있는 것이 보여 인어천사에게 물었다.

"저것이 무엇이냐?"

"저들은 열일곱, 다 피지도 못하고 떨어지는 슬픈 영혼의 꽃들입니다."

인어천사의 대답을 들은 황제는 오, 어떻게 이런 일이 하면서 자리에서 벌떡 일어선다.

"불쌍한 영혼들이구나. 이곳 물의 나라에서라도 그 원을 풀어줘야 되겠다. 꽃비가 다 내리면 나에게 알리거라."

침통한 얼굴을 한 황제가 무거운 걸음으로 궁 안으로 들어간다. 잠시 후 슬픈 영혼의 꽃비가 다 떨어져 내리자 인어천사는 궁으로 들어가 황제께 아뢴다.

"황제님. 슬픈 꽃비가 다 내렸습니다. 그런데 한 학생의 엄마는 차마 불쌍해서 못 보겠습니다."

"수많은 학생들이 피기도 전에 저렇게 꽃비로 떨어졌는데 왜 그녀만 불쌍하다고 하느냐?"

"예, 남편과 일찍 사별하고 아들과 살던 엄마인데, 아들이 이곳으로 오자 임사체(졸도하여 심장이 멈춘 상태) 영혼이 되어 무작정 아들을 따라 오고 있어 드리는 말씀입니다."

"오-오 그러냐? 너무나 불쌍하구나. 그녀가 도착하면 정중히 모시거라."

"예, 황제님"

변 여사는 세담이가 수학여행을 떠난 후 잠자리에 들었으나 이상하게 잠이 오지 않아 뒤척이는데 불현듯 세담 아버지 생각이 난다. 새벽녘에야 설핏 잠이 들었는데 캄캄한 배 안에서 세담이가 '엄마 나 어떻게 해! 어떻게 해!' 하며 고깔모자를 쓴 애들과 어디론가 사라졌다.

놀라서 잠에서 깬 변 여사는 벌떡 일어나 왜 이런 꿈을 꾸는 걸까 싶어 멀거니 창밖을 내다보고 있다. 그때 베란다에 앉아 끼룩끼룩하던 흰 비둘기 한 마리가 공중으로 날아오르더니 갑자기 유리창으로 돌진해 유리창이 와장창 깨지며 비둘기가 바닥으로 툭 떨어지는게 아닌가.

변 여사가 밖으로 나가보니 비둘기는 이미 죽어있다. 불길한 예감에 방으로 들어와 TV를 켜자 바다 위에 큰 배의 뱃머리만 보이고 진도 앞바다에서 여객선이 침몰 중이라는 아나운서의 숨가쁜 목소리만 들린다. 또 한편에선 헬리콥터와 해양경찰이 구조하는 장면을 긴박하게 보여주고 있다.

그 화면을 본 변 여사가 안절부절 못하고 '우리 세담이! 우리 세담이'만 애절하게 찾고 있는데 딸 은영이 내외가 들이닥친다. 변 여사는 '이게 어떻게 된 거냐? 우리 세담이 탄 배는 아니겠지?' 하며 딸을 쳐다본다. 은영은 엄마를 안심시키기 위해 구출한 사람도 170여 명이나 된다니 기다려 보자고 한다. 하지만 변 여사는 정신없이 우리 세담이는 살아 있을 거라는 말만 계속 중얼거린다.

오전 열한 시가 넘어서야 사고대책본부에서는 배 안의 인원이 400명이 넘으며 그 중 대부분이 제주도로 수학여행을 가던 학생이라고 발표했다. TV 앞에 앉아있던 변 여사는 더 이상 지체할 시간이 없다고 생각해 딸 내외와 함께 진도로 떠난다.

변 여사가 진도 팽목항에 도착한 것은 오후 여섯 시가 다 되어서였다. 수많은 학부형들이 팽목항 부두에서 바다를 바라보며 발을 동동 구르고 아들딸들의 이름을 외치며 울부짖고 있다.

변 여사는 해풍이 거센 바다 앞에서 세담이를 계속 부르다가 진도군에서 마련한 실내 체육관으로 들어가 뜬 눈으로 밤을 세웠다. 이튿날 온 나라가 들썩였다. 방송사에서 급파된 기자와 촬영 팀의 취재 열기가 뜨거웠지만 어제에 이어 오늘도 구조된 사람은 고작 179명이라는 발표만 되풀이 되고 있었다.

구조자 명단에 아들의 이름이 없자 혼이 나간 변 여사는 세담이의 이름을 부르며 계속 돌아다니는데 어떤 이가 공기가 있는 선실의 사람은 아직 살아있을 것이지만, 그렇지 못한 선실에 있으면 이미 죽었을 것이라고 말한다. 뱃머리가 번쩍 들려있으니 희망을 갖자는 사람도 있지만, 벌써 하루가 지났는데 살아있긴 뭐가 살아있어? 다 죽은 거야! 하는 사람도 있다.

그 소리에 정신이 혼란스러운 변 여사는 머리를 감싸쥐고 벌벌 떨다가 세담이를 부르면서 끝내 쓰러진다. 은영이 다급하게 엄마를 부르지만 변 여사는 끝내 일어나지 못하고 응급실로 실려간다. 변 여사의 상태를 살펴보던 의사는 이미 운명했다며 간호사에게 영안실로 옮기라고 지시한다. 의사의 말에 깜짝 놀란 은영이 우리 엄마는 꼭 깨어날 것이니 한 발짝도 옮길 수 없다며 버틴다. 완강한 은영의 태도에 의사는 고개를 절래절래 흔들더니 그럼 사흘만 기다린다며 가버린다.

구급차에 실려 병원으로 가던 변 여사는 이미 '임사체' 영혼이 되어 세담을 찾아 물의 나라로 가고 있었다. 물의 나라에 간 변 여사는 대기소 안에 옹기종기 앉아있는 학생들 가운데 세담이를 발견하고 깜짝 놀란다. 급히 세담이를 부르며 안으로 들어가려고 하자 인어천사가 이승의 영혼은 안으로 못 들어간다며 제지한다. 그러자 변 여사는 있는 힘을 다해 세담이를 부른다. 자기를 부르는 소리에 놀라 두리번거리던 세담은 뜻밖에도 엄마를 발견하고 고함을 지른다.

"엄마가 왜 여길 왔어? 빨리 물 밖으로 나가!"

"세담아. 너 없이는 못 살아!!"

"엄마. 나는 어쩔 수 없이 여기로 왔지만 엄마는 빨리 물 밖으로 나가야 해!"

그때 물고기의 비늘 같은 은빛 옷차림으로 환하게 빛나는 물의 나라 황제가 왜 이리 소란스럽냐고 인어천사에게 물었다.

인어천사는 문 밖의 변 여사를 가리키며 조금 전에 말씀드린 그 여인이 여기까지 따라와 애타게 아들을 부르고 있다고 대답한다. 황제는 불쌍한 영혼이라며 변 여사를 물의 나라 황궁에 들어오도록 허락한다. 변 여사가 황궁으로 들어서자 황제가 연설을 시작한다.

"너희들은 어린 나이에 애석하게도 이곳 물의 나라로 왔는데 이곳에서는 하루 밖에 있을 수가 없다. 영적 세계의 법칙이 그러하니 하루 동안 이곳을 둘러보고 물의 나라에 남고 싶은 영혼은 남도록 하여라!"

황제의 연설이 끝나자 하얀 망사를 걸친 인어천사들이 학생들을 한 사람씩 안내한다. 세담이 인어천사에게 엄마와 같이 다니고 싶다고 하지만 안 된다고 한다. 그러면서 엄마는 반 영혼이어서 세담이 이곳을 떠나 하늘나라로 가고 싶으면 그때 같이 가라고 알려 준다.

세담은 안내를 맡은 인어천사와 인사를 나눈다.

"저는 김세담입니다."

"저는 홍서윤이에요, 여행 중에 자동차가 물에 빠져 이곳으로 왔어요. 그런데 세담씨는 어떻게 이곳으로 오게 되었어요? 너무 안타까워요."

"우리들은 6천 톤이나 되는 큰 배가 바다에 가라앉아 이곳에 왔지만 어떻게 배가 가라앉게 되었는지는 모릅니다. 하지만 우리가 탄 배가 기울기 시작한 지 90분이 지나도록 상부에 보고만 하고 구조작업을 제대로 못 한 어른들의 잘못으로 이곳으로 오게 된 것은 확실합니다."

"불가항력으로 이곳으로 오셨으면 이해할 텐데 어른들의 잘못으로 오셨다니 너무나 안타까워요. 저를 따라오세요."

"고맙습니다."

큰 정원 안의 홀로 들어간 인어천사는 세담의 꿈이 화가였다고 해 이리로 데려 왔다고 한다.

"여기는 그림의 방으로 좋은 그림이 많으니 마음껏 감상하세요."

그곳 그림의 방으로 들어간 세담은 물의나라 그림을 감상한다. 그림은 거의가 흔들림의 그림이다. 그림이 물결이 이는 대로 움직인다. 이색적이긴 하지만 별 흥미를 못 느낀 세담이 그만 다른 곳으로 가자고 하자 인어천사는 그림이 어떠냐고 물었다.

"좋긴 한데 제가 알던 그림 세계와 동떨어져서요."

"다음은 음악의 방으로 모실게요."

인어천사는 세담에게 음악을 좋아하느냐고 물으며 자신은 이승에 있을 때 음악을 전공하려다가 못했는데 이곳으로 와 음악공부를 하고 있다고 한다. 그러자 세담은 음대 성악과에 들어가 세계적인 테너 가수가 되는 게 꿈인 친구가 있었다고 대답한다. 음악의 방에 들어가니 가수들이 물방울 반주에 맞춰 노래를 부르고 있다.

그런데 누군가가 부르는 아름다운 금강산과 오 솔레 미오가 귀에 익어 세담은 혹시나 하고 주위를 둘러보는데 놀랍게도 상호가 나타난다. 세담은 너무 반가워서 상호를 뜨겁게 포옹한다. 상호는 이곳 음악이 자기와 맞으면 있으려고 했는데 모든 반주가 물방울 반주로 되어 있어 적응하기 힘들어 떠나야겠다고 한다.

인어천사가 시간이 없다며 서둘러 세담을 데리고 간 곳은 문학관이다. 세계의 명작들이 진열되어 있는 그곳에는 책을 읽는 사람과 글을 쓰는 사람으로 조용하다. 그때 문학관에 먼저 와 있던 수영이 세담을 보고 달려와 반갑다며 얼싸 안고 어떻게 여기에 왔느냐며 놀란다. 세담은 지나간 이야기를 하면서 엄마가 이곳 황궁에 와 있다고 하자 수영이 눈물을 주르르 흘린다. 인어천사의 재촉에 세담과 수영은 서둘러 중앙홀로 향한다.

중앙홀에서는 이미 이곳에 남을 영혼과 하늘나라로 갈 영혼을 구분하는 중인데 304명의 영혼 중에 물의 나라에 남는 영혼은 10명도 되지 않는다. 세담 역시 여기보다 하늘나라로 가고 싶다. 상호와 수영도 마찬가지이다.

시은은 세담 덕분에 가까스로 갑판까지 올라갔으나 계속 배가 기울자 버티지 못하고 바다에 빠져 정신을 잃었다.

사고 소식을 듣고 팽목항으로 달려온 시은이 엄마 아빠는 딸을 찾지 못하고 발만 동동 굴렀다. 구조자 가운데도 이름이 없어 배 안에 남아있는 것이 아닌가 싶어 두 사람은 시은이 이름을 부르짖으며 팽목항을 배회했다. 일말의 희망을 가지고 팽목항 주변 병원도 샅샅이 뒤졌지만 시은이는 없다.

팽목항으로 돌아온 부부가 딸을 찾아 미친듯이 돌아다니자 보다 못한 사람들이 목포 병원까지 가보라고 해서 단숨에 목포로 달려가 병원을 뒤지기 시작한다. 딸을 찾아서 병실 문턱이 닳도록 드나들던 끝에 마침내 정신을 잃고 누워 있는 시은을 발견한다. 딸이 살아있는 것을 확인한 시은 엄마 아빠는 '하느님 고맙습니다'라는 말을 수없이 외치다가 간신히 담당 의사에게 물었다.

"의사 선생님, 우리 아이 상태가 어떻습니까?"

"워낙 극적으로 살아나 저만하기도 다행입니다."

시은이를 구해 온 어부 말에 의하면 세원호가 기울어 갑판의 사람들이 아우성을 치는 것을 보고 우선 구해야겠다는 생각에 급하게 어선을 운전해 달려갔지만 벌써 사람들이 하나 둘 배에서 미끄러져 바다로 떨어지는고 있는데도 구조대가 보이지 않았다는 것이다. 구명조끼를 입은 사람과 입지 않은 사람들이 뒤엉켜 바닷속으로 미끄러져 떨어지는 가운데 구명조끼를 입은 채 정신을 잃은 시은이를 재빨리 건져 어선에 실었지만 의식이 없어 무조건 큰 병원으로 가면 살 수 있지 않을까해서 목포로 온 것이라고 했다. 어부가 시은을 비롯한 십여 명의 학생을 구조한 후에야 나타난 해경선이 엉뚱하게도 어선은 세월호에 접근하지 말고 떨어져 있으라고 해서 어부는 할 수 없이 배를 돌렸다고 한다.

의사 말을 들은 시은 엄마와 아빠는 혹시 그 어부 이름이나 어선의 이름을 아느냐고 묻자 그럴 경황이 없이 헤어졌다는 것이다. 시은이 부모는 국가가 아니라 보통사람들의 따뜻한 정이 딸을 구한 것이라고 내심 고마워하며 가슴을 쓸어내렸다. 하루가 지나서야 시은이 눈을 뜨자 시은 엄마와 아빠는 기뻐서 어쩔 줄 모른다.

"시은아! 살았구나. 살았어?"

"엄마, 여기가 어디야?"

"목포 병원이야."

"그럼 세담이는?"

"세담이는 다른 곳에 있겠지."

"아니야! 세담은 못 빠져 나왔을 거야. 나 때문에, 나 때문에……."

"그게 무슨 소리야?"

"나를 갑판으로 올라오는 계단까지 밀어 올려놓고 자기가 죽은 거야! 나를 살리고 ……."

하늘나라

임사체가 되어 물의 나라로 간 변 여사는 세담을 만나 같이 하늘나라로 가기 위해 인어천사의 전송을 받으며 물 밖으로 나온다. 물에서 나온 영혼들은 천사의 가마를 타고 하늘나라로 올라가 황궁 앞에서부터 그곳 천사들의 안내를 받아 홀로 들어간다.

홀에 들어가 의자에 앉자 길게 늘어뜨린 하얀 머리 뒤로 광채가 빛나는 황제가 단상으로 올라선다. 황제는 너무 어린 나이에 이곳으로 온 너희들이 측은해 모든 호의를 베풀겠다. 그러니 이곳의 좋고 나쁜 곳을 찬찬히 살펴 보도록 하라. 너희들에게 주어진 시간은 본래 사흘이었으나 물의 나라에서 하루를 보내 이틀이 남았으니 이틀 동안 자세히 보고 원하는 곳을 말하면 보내 줄 것이라고 한다.

황제의 말이 끝나자 안내천사들이 영혼을 하나씩 데리고 홀 밖으로 나간다. 세담이 엄마와 같이 가야한다며 고집을 부리자 난처한 표정의 안내천사가 황실에 들어갔다 오더니 같이 가자고 한다. 세담은 고맙다고 인사를 하고 변 여사와 손을 잡고 천사를 뒤따른다.

천사가 세담을 데려간 간 곳은 열차가 늘어선 기차역이다. 기차를 타고 환희의 역이라고 쓴 역에 내리자 황금마차가 대기하고 있다. 그 마차에 타자 미끄러지듯 달려 순식간에 세담이와 변 여사를 어느 골짜기에 내려놓는다. 세담 모자는 여기가 어디인가 싶어 사방을 두리번거린다. 마차가 정지한 위치가 높은 곳이라 아래를 내려다보니 지구에서는 도저히 상상할 수 없는 풍광이 펼쳐져 있다. 세담은 특히 아름다운 꽃 속에 파묻혀 있는 집들의 모습이 궁금하다. 빨리 저 집안을 보고 싶다고 하자 안내천사가 앞장선다. 세담이 엄마와 나란히 집안으로 들어서자 사람들은 하나 같이 평화로운 얼굴이다. 그것을 본 변 여사가 여기 있는 사람들은 하나 같이 평온해 보인다고 한다.

"여기 있는 영혼들은 이승에 있을 때 남을 위해 산 사람들이어서 환희의 세계에 살고 있습니다. 여기서는 먹는 것, 노는 것, 사랑 하는 것, 그 모든 것이 자기 마음대로 되는 세계라 매일 매일이 즐거워요. 우선 이쪽을 보십시오. 여기는 이십 대가 좋아하는 나무와 꽃들로 이루어져 있지 않습니까? 청춘남녀의 천국입니다."

천사의 안내로 세담 모자가 들어선 곳은 유럽풍의 으리으리한 집으로 홀 안에서는 이십 대 청춘남녀들이 노래하며 춤을 추고 이야기를 나누고 있다. 그것을 본 세담은 여기가 이승에서 말하던 천국이구나 싶어 넋을 놓고 춤추는 것을 보고 있다. 그러자 안내천사는 학생도 나가 파트너를 골라 춤을 추라고 한다. 세담이 춤을 배우지 못했다고 하자 안내천사는 여기는 마음만 먹으면 무슨 춤이던지 출 수 있다고 알려준다. 세담이 용기를 내어 춤을 추기 시작하자 마음먹은 대로 된다. 너무나 아름답고 황홀한 시간이다.

잠시 후 안내천사는 세담과 변 여사를 삼십 대가 좋아하는 나무와 꽃들로 꾸며진 공원으로 안내한다. 그곳은 이십 대가 놀던 곳과는 판이하게 다르다. 가운데 은빛 샹들리에서 찬란한 빛이 사방을 밝히고 아늑하게 꾸며진 방들이 옆으로 가지런히 늘어서 있다. 젊은이들은 중앙홀 샹들리에 밑에서 춤을 추다가 쉬는 시간에는 아늑한 방에서 음료수를 마시며 대화를 나누고 있다.

성인의 공원에는 다 자란 나무에서 핀 꽃의 모습이 장관이다. 성인들은 공원의 중앙홀이 아니라 꽃나무 밑에서 춤을 추고 있다. 남자들은 넓은 팔소매에 하얀 와이셔츠를 입었고 바지는 파란 나팔바지이고 여자들은 하늘하늘한 망사 옷차림이다. 그들은 춤을 추다가 한껏 흥이 돋으면 쌍쌍이 나무 밑으로 가 사랑을 속삭인다.

세담과 변 여사가 춤추는 광경을 지켜보는 사이에 어디선가 갑자기 세담 아버지가 나타나서 둘은 깜짝 놀란다.

"당신과 세담이가 어떻게 여기로 왔어?"

"세담이 어른들의 잘못으로 이곳으로 오게 되어 나도 따라오게 되었어요. 당신을 보게 될 줄은 정말 몰랐어요."

"그렇게 된 것이군. 안내천사가 무작정 이곳으로 데려오길래 무슨 일인가 싶었지. 세담아 잠깐 여기 있거라!"

세담 아버지는 변 여사의 손을 잡고 꽃나무 아래로 가서 자연스럽게 포옹하고 춤을 춘다. 변 여사는 오랜만에 느껴보는 남편의 따뜻한 온기에 몸이 떨린다. 세담 아버지가 변 여사에게 나는 여기서 편히 지내니 당신만이라도 이승에서 즐겁게 지내라고 하자 세담 엄마는 고맙다고 한다.

"고맙다니? 그동안 많은 사람들이 자식을 등한시 하고 자기

환락에 빠져 허우적거려도 당신은 세담이만 보고 떳떳하게 산 것을 내가 이곳에서 다 보았어. 그러니 이제라도 나와 세담을 잊고 재미나게 살아. 부탁이야."

세담 아버지는 간곡한 목소리로 변 여사를 위로한다. 둘의 모습을 지켜보던 안내천사가 가야 할 시간이라고 하자 변 여사는 남편과 헤어지면서 걸음이 떨어지지 않는다. 짧은 시간이었지만 변 여사는 아쉬움에 손을 놓지 못하고 여보, 여보, 하다가 결국 울음을 터트린다. 세담 아버지는 울지 말고 당신이 꿋꿋하게 살아야 나와 세담이가 편히 지낼 수 있다며 변 여사의 어깨를 감쌌다.

뜻하지 않게 세담 아버지를 만나 그리움을 쏟아낸 변 여사는 어쩐지 마음 한구석이 시원하지만 그런 기분을 느낀 순간 '내가 지금 무슨 생각 하는 거야? 세담이 죽어 하늘나라에 온 것 때문에 남편을 만났는데. 이런 기분으로 다니면 안 돼 정신 차려야지' 하면서 천사에게 서둘러 이곳을 떠나자고 한다. 안내천사는 아들 때문에 남편을 만난 것은 여기서는 처음 있는 일이라며 변 여사가 그동안 아들을 극진하게 보살피고 밝게 산 것을 갸륵하게 여긴 황제의 명으로 그렇게 된 것이라고 이야기하며 노년의 공원으로 안내한다.

노년의 공원 나무들은 모두 고목이고 동물들도 늙어서 느릿 느릿 걸어 다닌다. 공원에서 노인들이 삼삼오오 모여서 환담을 나누고 있다가 세담을 보더니 어떻게 학생이 하늘나라를 왔느냐고 묻자 안내천사가 친절하게 알려준다.

"저들은 불의의 사회에서 살다가 이리로 온 것입니다. 우리들은 정의 사회에서 살다가 이곳 환희의 나라에 왔지만 저 학생이 살던 나라는 불의가 판치는 곳입니다. 수백 명의 학생을 태우고 가던 배가 침몰하는 데도 선원들은 자기만 살면 된다는 생각에 먼저 도망나오기에 급급했습니다. 학생들은 그런 사회의 피해자여서 이곳 천국으로 온 것입니다."

노인들은 혀를 차며 세담의 처지를 안타까워한다. 세담이와 변 여사가 이곳저곳을 둘러보느라 예정보다 조금 늦게 황궁으로 돌아가니 황제가 연설을 하고 있었다.

"여러분이 너무 어린 나이에 이곳 하늘나라로 온 것이 측은해 우선 환희의 세계를 보여주었습니다. 그러나 여기도 절망의 세계와 아픔의 세계를 비롯한 그 이외 여러 곳을 볼 수가 있습니다. 그렇지만 시간이 없어 학생들에게는 환희의 세계만 보여주고 원하는 곳으로 보내 드리겠습니다. 그러니 시녀 천사가 호명하면 앞으로 나와 가고 싶은 곳을 말하기 바랍니다."

황제의 말이 끝나자 시녀 천사가 한명씩 이름을 부르고 궁서기들은 학생들이 가고 싶은 곳을 말하면 받아 적어 황제에게 보고한다. 학생들의 배치가 거의 끝나고 세담과 네 명의 영혼만 남았다. 시녀천사가 우선 세담에게 어디로 가고 싶으냐고 물었다.

"예! 저는 케플러-186f(미국 나사에서 보낸 위성이 찾아낸 태양계 밖의 위성 이름) 별로 가고 싶습니다."

"특별히 가고 싶은 이유라도 있어요?"

"그곳이 제가 살던 지구와 흡사하다고 해서 가려고 합니다."

세담의 말을 듣고 있던 황제가 물었다.

"거기는 원죄 없는 잉태자라야 갈 수 있는 곳인데 심사를 무사히 통과 할 것이라고 믿느냐?"

"예, 황제님! 우리 엄마, 아빠는 법 없이도 살 사람이라고 모두들 이야기했으니 그런 부모에게서 태어난 저는 마땅히 갈 수 있을 것입니다."

"알겠다. 기다려 보아라. 사흘 정도의 심사 기간이 걸린다."

"예, 황제님"

심사 결과 원죄 없는 잉태자로 태어난 것이 확인 된 세담은 케플러-186f로 가게 되었다. 그렇게 영혼들의 배치가 끝나자 임사체 영혼인 변 여사만 남는다. 황제는 안타까운 표정으로 아들에게서 눈길을 거두지 못하고 있는 변 여사에게 당신은 여기까지니 이제 그만 아들을 위해 이승으로 돌아가라고 한다.

변 여사는 알았다고 대답은 하지만 막상 세담과 떨어질 생각을 하자 별안간 끝을 알 수 없는 깊은 나락으로 떨어지는 것 같아 비틀거리다가 결국 쓰러진다. 그 모습을 지켜보던 황제는 시녀천사에게 변 여사를 하늘나라에서 이승으로 나가는 문앞까지 편히 모시라고 지시한다.

황제의 명이 떨어지자 시녀천사는 변 여사를 부축해 홀 밖으로 나온다. 그것을 본 세담이 엄마를 부르며 오열하자 홀 안이 온통 비통에 젖어든다. 그러나 변 여사는 곧 마음을 가다듬어 정신을 추스려 세담과 이별을 한다.

"세담아, 너무 슬퍼하지 말자. 네가 케플러-186f로 간다니 내 마음이 조금은 가볍구나. 그 별이 지구와 흡사하다니 부디 잘 지내거라."

이승으로 나가는 문앞까지 온 변 여사는 좀처럼 발걸음이 떨어지지 않는다. 안내천사는 그런 변 여사를 위로한다.

"세담이 걱정은 하지 마세요. 그곳 케플러-186f 별은 지구보다도 훨씬 좋은 자연환경을 가진 별이니 걱정하지 마시고 편히 지내세요."

변 여사는 고맙다는 인사를 하고 저승 문을 통과했다.

목포의 병원에서 엄마를 돌보던 세담이 누나 은영은 따듯한

물에 수건을 적셔 엄마의 얼굴을 닦는데 갑자기 화색이 도는 느낌이다. 정신을 잃고 쓰러진지 사흘째이다. 엄마의 얼굴을 가만히 바라보던 은영이 손을 만져보니 온기가 느껴진다. 얼른 엄마 가슴에 손을 대보니 심장이 움직이고 있다. 깜짝 놀란 은영이 큰 소리로 간호사를 부른다.

"간호사! 간호사!"

급히 달려온 간호사에게 은영이 다급하게 말했다.

"우리 엄마가 깨어나요!! 깨어났단 말이에요!"

간호사의 호출에 달려온 의사는 진찰을 하더니 믿기지 않은 얼굴로 어머니가 깨어났다고 한다.

"그것 보세요? 운명하셨다고 하더니 이렇게 깨어나잖아요."

은영의 말에 의사는 기적이 일어났다면서도 얼떨떨한 표정이다. 의사와 간호사가 모두 나간 후에 은영이 변 여사에게 어떻게 된 거냐고 묻자, 변 여사는 담담한 표정으로 은영에게 되물었다.

"내가 며칠을 잔 거냐?"

은영이 사흘 동안 깨어나지 못하고 죽어 있었다고 하자, 변 여사는 사흘 동안 하늘나라에서 세담이 곁에 있다가 왔다고 한다. 어떻게 그럴 수가 있느냐고 은영이 놀라자 변 여사는 세담이 지구와 흡사한 케플러-186f 별로 갔다고 하면서 하늘나라에서 너희 아빠도 봤다고 하자 은영의 눈이 더욱 휘둥그레진다.

"어머! 아빠를?"

"너희 아빠가 케플러-186f 별은 지구와 흡사하고 훨씬 더 좋은 환경으로 되어있어서 그리로 간 세담은 행복하게 살 거니까 걱정하지 말라고 했어."

은영은 깨어난 엄마에게 하늘나라 이야기를 들으면서도 믿기 어려웠지만, 세상은 우리가 모르는 것이 정말 많은가 보다 생각하며 변 여사의 퇴원을 서둘렀다.

미친듯이 헤매고 다닌 끝에 목포 병원에서 딸을 발견한 시은이 엄마와 아빠는 서둘러 서울로 데려와 병원에 입원시켰지만 시은은 자면서도 계속 세담이 만을 찾는다.

"세담아! 세담아!"

그러다 벌떡 일어나 자꾸 울기만 한다. 보다 못한 시은 엄마가 딸을 달랜다.

"시은아. 우리도 세담이를 찾아볼게. 이제 제발 정신 차려라."

"엄마, 만약 세담이 잘못 됐으면 나도 하늘나라로 가야 돼."

"왜 그런 상상을 해! 세담이도 반드시 살아있을 거야."

슬픔의 세계

안내천사가 케플러-186f 위성으로 가려면 사흘을 더 기다려야 한다고 하자 세담은 그동안 슬픔의 세계를 둘러보면 안 되냐고 물었다. 그러자 안내천사가 안내하겠다고 해서 세담은 슬픔의 세계를 보게 되었다.

슬픔의 세계는 문부터 범상치가 않다. 문설주 위를 보니 '억울하고 슬퍼서 피눈물을 흘리는 영혼들이여! 여기서 분을 삭이고 조용히 지낼 지어다' 하는 문구가 새겨져 있다. 그리고 문에는 남녀가 뒤엉켜 울부짖는 모습이 조각되어 있다. 그것을 보고 세담이 안내천사에게 물었다.

"천사님. 이 안에 있는 영혼들은 억울하고 슬퍼서 문에도 저런 문양을 새겨놓았나 봐요?"

"그래요. 여기 있는 영혼들은 이승에 있을 때 너무나 억울한 일을 당했어요. 그래서 이곳 슬픔의 세계 문에 울부짖는 사람들의 모습이 조각된 것이에요."

세담이 대문 안으로 들어서자 갑자기 하늘이 희뿌옇고 가랑비가 부슬부슬 내린다. 온 누리가 정적에 휩싸여 분위기만으로도 슬픔이 느껴지는 세상이다. 나무와 풀도 생기를 잃은 것들뿐이고 봉숭아, 청상나팔, 흰 목련 같은 가련하고 슬퍼 보이는 꽃들이 오솔길 옆으로 늘어서 있다. 슬픔에 젖어 저절로 눈물이 날 것 같은 분위기이다. 슬픔의 오솔길을 한참 걸어가자 초가집 동네가 나온다. 그중의 한 곳을 들여다보니 하나 같이 넋을 잃고 앉아있는 영혼들 뿐이다.

세담이 그들에게 물었다.

"당신들은 무엇이 슬퍼서 그런 얼굴들을 하고 계시오?"

툇마루에 앉아있던 여자 영혼이 세담을 멀건히 바라보더니 되물었다.

"당신은 누구인데 슬픔의 세계 구경을 다니시오?"

"전 세원호 침몰로 이곳에 온 영혼인데 하늘나라 황제님의 배려로 슬픔의 세계를 구경하고 있습니다."

"그럼, 한국에서 오신 분이군요. 저 옆집으로 가보세요. 그곳에 당신의 나라 사람인 안중근 의사가 살고 있는데 그 분을 만나는 것이 뜻 깊은 일이 아닐까요?"

세담은 고맙다는 인사를 하고 얼른 안중근 의사가 산다는 초가집 앞으로 가니 하얀 목련이 피어있다. 청초하고도 슬픈 목련꽃에 정신이 팔려있던 세담이 인기척에 고개를 돌려보니 일본 사람이 게다(나막신)를 신고 나와 어떻게 오셨느냐고 물었다.

세담이 의아한 얼굴로 되물었다.

"일본 영혼이 왜 여기 있습니까?"

"저는 안 의사님이 여순 감옥에 계실 때의 담당 교도관이었습니다."

"그렇다면 안중근 의사님 영혼의 세계까지 따라와 감시를 하고 있는 것입니까?"

세담이 따지듯이 목소리를 높이자 일본 영혼이 황급히 손을 내젓는다.

"감시를 하다니요. 저는 안중근 의사님을 괴롭히려고 온 것이 아니라 선생님에게 큰 감명을 받아서 이리로 온 것입니다. 이승에 있을 때 선생님 곁에 있으면서 감화되었습니다. 그때 만약 안중근 의사님이 탈출한다고 하셨어도 저는 기꺼이 교도소 문을 열어 드렸을 것입니다. 그러나 선생님은 그런 생각 자체를 하시지 않으셨습니다. '나는 당연한 일을 했다. 그런데도 너희들이 죄를 주려면 주어라. 나는 떳떳하다'고 말씀하시면서 동양평화론을 역설하셨습니다. 지금 일본의 모습을 보면 저 분이 백 년 전에 부르짖은 그 말씀이 맞지 않습니까? 일본국민은 미국의 선진 기술 몇 가지 배워 그것을 마치 신이 내린 큰 특혜로 생각했습니다. 그래서 동양의 다른 나라들은 저들의 기술 속국으로 살아가야 한다는 망녕된 생각을 가지고 있습니다. 하지만 아니지 않습니까? 이미 한국과 중국이 선진문명을 거의 따라 잡았습니다. 그리고 정신면에서도 머지않아 공자, 맹자의 사상이 동양을 지배할 것인데 일본이 가당찮게도 미국과 같이 패권을 누리겠다고 저러고 있는 것을 보면 일본인으로서 참 불쌍한 생각이 듭니다."

홍분해 말이 길어지던 일본 영혼이 갑자기 손님 접대는 안 하고 무례했다며 안으로 들어가 안중근 의사께 한국에서 손님이 오셨다고 알린다. 일본인의 안내를 받아 안으로 들어가자 안중근 의사가 세담을 정겹게 맞이한다. 세담은 공손하게 인사를 올린다.

"안중근 의사님. 그동안 안녕하셨습니까?"

"나는 안녕한데 어린 학생이 어째서 벌써 여기를 왔단 말이냐?"

"예. 육천 톤이나 되는 큰 배를 타고 수학여행을 가다가 갑자기 배가 한 시간 이십 분 동안 바닷속으로 침몰하는 동안에도 구출되지 못해 이곳으로 오게 되었습니다. 그런데 의사님은 어찌 환희의 세계에 안 계시고 여기 계십니까?"

안중근 의사는 세담의 질문에 착잡한 얼굴로 하늘을 쳐다보더니 곧 말을 이었다.

"한국이 해방되자 집권한 친일파 놈들이 애국지사들을 죽이니 내 어찌 편하게 환희의 세계에 있을 수가 있었겠는가? 너무 괴로워 이곳 슬픔의 세계에 있는 것이라네. 친일 정권의 후예들이 국민은 안중에도 없이 저희들 안위에만 정신을 팔아 결국 학생도 이 모양이 되었구먼. 지금까지도 그 친일파들을 척결하지 못하고 있으니 너무 답답하네. 나도 지난 4월 16일 세월호 사건을 알고 분해서 잠을 못 잤다네."

세담은 안중근 의사와 더 많은 대화를 나누고 싶었지만 정해진 시간이 있어 아쉽지만 서둘러 헤어져야 했다. 그래서 안타까운 마음으로 안중근 의사께 편히 계시라는 말씀을 하고 밖으로 나온다.

세담이 안내천사를 따라 한참 가자 벌판 중앙에 큰 문이 있고 문 옆으로는 높다란 담이 둘러져있다. 문 안으로 들어서자 자유의 여신상 같은 것이 높이 솟아있다. 다가가 자세히 보니 영불 백년전쟁의 영웅 '잔 다르크'다. 그의 가슴에 '나는 국민을 위해 싸웠으나 국민은 나를 버렸도다'라는 글이 쓰여 있다.

세담은 그 글의 뜻이 궁금해서 잔다르크에 물었다.

"잔다르크여. 당신은 어찌하여 국민으로부터 배반을 당했습니까?"

그러자 잔다르크가 쩌렁쩌렁한 목소리로 대답을 한다.

"젊은 영혼이시여! 당신들처럼 나도 위정자들의 버림을 받고 너무 억울해 이곳 슬픔의 세계에 있는 것이라오."

세담은 잔 다르크에게 이제 그만 무거운 짐을 내려놓고 편한 마음으로 지내라는 인사를 하고 숲으로 둘러싸인 연못으로 간다. 그런데 연못 안에 세워진 옥으로 된 여인을 보고 놀라 안내천사를 바라본다.

"저 여인 너무 아름답지 않아요?"

안내천사가 빙그레 웃으며 대답한다.

"아름답지요."

"저 여인은 누구입니까?"

"아니, 저 여인을 모른단 말이에요? 그 유명한 양귀비 아닙니까?"

"그런데 양귀비가 왜 여기 있습니까?"

"그것은 저곳을 보면 알게 됩니다."

세담은 천사가 가리키는 곳을 보니 웬 남자가 원망이 가득한 눈으로 양귀비를 보고 있다. 세담이 그 남자 앞으로 가 물었다.

"당신은 왜 그렇게 슬픈 얼굴로 양귀비를 보고 계시오?"

"당신은 어디서 온 영혼인지 모르나 나와 양귀비와의 관계를 모른단 말이요?"

남자의 대답이 엉뚱하다고 생각한 세담이 고개를 갸웃거리자 남자가 다시 물었다.

"당신이 만약 사랑하는 아내를 다른 사람도 아닌 자기 아버지에게 빼앗겼다면 어찌 하겠소?

세담은 어이가 없는 표정이다.

"그럼 당신 아버지가 현종이란 말이요?"

"그렇소. 그래서 나는 환희의 세계가 아닌 슬픔의 세계에 있는 것이라오. 나의 아버지 현종은 며느리인 내 아내를 빼앗아 노류장화路柳墻花, 시간 가는 줄 모르고 환락의 세계를 헤매다가 나라까지 망해먹은 인간이오. 당신들은 아직 잘 모르오. 하긴, 당신 나라의 여왕도 노류장화에 빠져 물에 빠진 당신들을 구출하지 못했으니까."

남자의 말에 세담은 여왕이 정말 그랬다면 천벌을 받아야 한다는 생각을 하며 그곳을 떠나 숲이 우거진 공원으로 가니 공원 중앙에는 큰 동상이 서있고 옆의 안내판에는 '에밀리오 아기날도'라고 쓰여 있다.

세담은 에밀리오 아기날도가 누구인지 몰라 안내천사에게 묻자 그의 말을 듣고 있던 아기날도가 자신을 직접 소개한다.

"난 필리핀 사람으로 1898년 독립군을 이끌고 스페인 군과 대치하던 중 미국이 도와준다고 해서 합동작전을 펼쳤습니다. 하지만 이천만 달러를 받고 스페인 군과 내통한 미국이 전쟁하는 척 공중에다 총을 몇 번 쏘자 스페인 군은 배를 타고 본국으로 돌아가고 말았습니다. 그러자 필리핀의 치안을 위해 잠시 주둔한다는 핑계를 앞세우고 들어온 미군이 필리핀 사람 삼십만 명을 죽이고 우리 조국을 그들의 식민지로 만들었습니다. 나는 그때부터 미국과 싸워 필리핀의 주권회복을 하려 각고의 노력을 했으나 밀고자에 의해 사로 잡히고 말았습니다. 그 후 미국 국무장관 테프트와 일본의 가쓰라 외무장관이 한국은 일본이, 필리핀은 미국이 가지기로 밀약을 해 두 나라는 각각 일본과 미국의 식민지가 된 것 아닙니까? 당신은 그것도 모르고 살았단 말이요?"

아기날도는 눈물을 흘리며 계속 말을 이어간다.

"당신들은 아직도 미국을 정의로운 나라라고 믿고 있지만 계속 그렇게 믿고 있다가는 많은 사람이 죽을 것이요. 미국은 정의의 나라가 아니고 악의 뿌리를 가지고 있어요. 그런 미국을 지지하는 세력이 있는 한국은 많은 국민의 목숨이 위태로울 것이요. 미국은 겉으로 세계평화를 위한다고 하고 뒤로는 자기 나라 이익을 위해서라면 약소국 국민은 안중에도 없는 나라입니다. 당신의 나라 문민정부의 왕이 있었을 때 일을 잊으셨소? 그때 북폭 3일 전에 알아서 대비했으니 전쟁이 안 났지 그렇지 않았다면 한국은 잿더미가 되었을 것이오. 그때의 미국 대통령은 온건파 클란턴이었지만 자기네 이익을 위해서는 북폭도 불사하려 했소. 그것이 미국입니다. 당신네 나라는 정신을 차리지 않으면 정말 전쟁이 일어납니다. 미국을 지지하는 세력이 활개치는 한국은 그 뻔뻔함에 물들어 수백 명의 국민이 자기들 때문에 죽어도 잘못을 모르는 위정자들이 버젓이 대로를 활보하고 있잖습니까. 단 한 번도 양심선언을 하지 않는, 양심과 정의가 사라져버린 그런 나라에서 살다가 이곳으로 온 당신들이 불쌍하오. 잘 가시오."

아기날도와 헤어진 세담은 씁쓸한 기분에 젖어 조금 걷자 한옥이 나타난다. 그 안에서 어떤 여인이 남자의 머리를 정성스럽게 감겨주고 있는 것을 보고 여인에게 물었다.

"당신은 어째서 그렇게도 정성스럽게 남자 머리를 감겨주고 계십니까?"

그러자 여인이 잠깐 손을 멈추고 세담을 바라본다.

"이 남자는 나를 짝사랑하다가 상사병이 걸려 죽은 옆집 총각입니다. 장례식날 상여가 우리 집 바깥마당에 들어오더니 꼼짝을 하지 않자 어른들이 내가 상여 앞에서 절을 해야 간다고 해 절을 세 번 하자 움직였습니다. 그 후 나는 기생이 되어 서화담이라는 남자를 만나 사랑을 속삭이고 싶었으나 나의 연정을 받아들이지 않았습니다. 그때서야 나는 처녀 때 죽은 옆집 총각의 심정을 이해하게 되어 죽은 후에 슬픔의 세계로 와 그를 위로하며 지내고 있습니다."

여인이 말을 듣고 있던 세담이 반색을 한다.

"그럼, 당신이 그 유명한 황진이란 말입니까?"

"예, 맞아요."

"그럼 시 한 구절만 읊어 주십시오."

황진이는 목소리를 가다듬더니 낭낭한 목소리로 시를 읊는다.

"청산은 내 뜻이요 록수는 님 뜻이라. 록수가 흘러간들 청산이야 변할소냐. 록수도 청산 못 잊어 울며울며 가노라."

황진이의 시 한수에 큰 감명을 받은 세담은 인사를 하고 발길을 돌렸다.

아픔의 세계

세담이 안내천사에게 이제 어디로 가느냐고 묻자 시간이 남아서 아픔의 세계로 가보자고 한다. 깎아지른 절벽과 가시덤불로 뒤덮인 험준한 골짜기를 지나자 아픔의 세계 문 앞에 도착한다.

세담은 아픔의 세계 대문을 보고 놀라서 저절로 발걸음이 주춤거린다. 문설주는 사람들이 괴로움에 몸트림 치는 형상의 문틀로 세워졌고, 문은 영혼들이 참회하는 형상의 조각으로 채워졌다.

문 안으로 들어가니 그곳은 캄캄한 밤중이다. 캄캄한 가운데 서치라이트 같은 빛이 가끔 지나가고 그 빛에 비친 땅바닥은 축축이 부슬비가 내리는데 독사와 독거미가 우글거린다. 공중에는 성난 까마귀와 요괴들이 하늘을 뒤덮어 그곳의 영혼들은 어쩔 줄 모르고 허공을 떠다닌다. 그렇게 떠돌다가 힘들어 땅으로 내려오면 독사와 독거미, 전갈이 물어뜯어 견디지를 못하고 다시 공중으로 올라간다. 올라가면 또 까마귀와 요괴, 독수리들이 달려들어 온 몸을 마구 쪼아대어 아픔의 세계에 있는 영혼들은 허공을 헤매며 죽여달라고 악을 쓰고 있다.

세담이 안내천사에게 저들은 언제까지나 저렇게 있어야 하느냐고 묻자 수천 년 동안 떠다녀야 한다는 것이다. 그러면서 안내천사는 산 세계는 잠깐이요 죽은 세계는 영원하다며 세담에게 다른 곳으로 가보기를 권한다.

한참을 걸어 높은 봉우리 꼭대기에 도착하자 안내천사가 아래를 내려다보라고 한다. 그곳은 찬바람이 휘몰아치는 동토의 나라다. 영혼들이 추위에 떨며 어디론가 가고 있다. 어디로 가나 한참 지켜보니 그들이 간 곳은 수증기를 내뿜는 온천이다. 어떤 곳은 증기를 내뿜고, 어떤 곳은 뜨거운 핏물이 솟구치는 온천이다.

안내자들에게 이끌려 온천으로 들어가는 영혼들은 너무 추워 벌벌 떨다가 막상 옷을 벗고 풍덩 들어가자마자 저마다 비명을 질러댄다.

"앗, 뜨거. 나 죽어! 살려줘! 엄마 나 살려줘!"

세담은 아픔의 세계에서도 영혼들이 엄마를 찾는 것을 보고 불현듯 엄마 생각이 나며 어떻게 지낼까 걱정이 앞선다. 그런 세담의 마음을 알아차린 안내천사가 세담을 위로한다.

"세담씨. 엄마는 이곳을 떠나 삶의 세계로 갔으니 너무 걱정 안 하셔도 됩니다. 아무래도 살아있는 사람이라 지상에서의 삶이 이곳 하늘나라보다는 마음의 안정을 빨리 찾으실 거니까요."

"천사님이 그걸 어떻게 아세요?"

"저도 지상 삶의 세계에서 왔습니다. 개똥밭에서 굴러도 저승보다 지상이 좋다는 말이 있는데 맞지 않습니까. 어머니는 시간이 지나면 괜찮아질 거예요. 시간이 없으니 이제 다른 곳으로 가시죠."

다음으로 간 곳은 핏물이 펄펄 끓는 웅덩이가 있는 곳이다. 그곳 안내자가 악의 영혼들을 핏물이 펄펄 끓는 웅덩이로 사정없이 처넣자 그들은 살려달라며 고성을 지른다. 너무나 고통스러운 모습에 세담은 겁이나면서도 한편으로는 마음이 무겁다. 저런 상태로 계속 살아야 한다니, 악의 영혼들에 대한 연민으로 가슴이 아프다. 세담은 안내천사를 따라서 종교인들이 죄값을 치루는 곳으로 갔는데 처음 도착한 곳의 마당에 금빛 십자가가 널려 있다.

그런데 금빛 십자가 네 곳의 끝이 뾰족하게 날이 서있다. 그 곳을 레이저 빛 같은 강력한 빛이 일 초 간격으로 지나가는데 공중에는 기괴한 얼굴의 목회자들이 떠다닌다. 그들은 높은 곳에 서서 '예수를 믿으라! 그리하면 너와 네 가정이 평안을 얻으리라!' 외친다. 그 말에 많은 악의 영혼이 모여들자 목회자가 설교를 시작한다.

하나님께 일용할 양식을 많이 낼수록 이곳 악의 세계를 벗어날 수 있을 것이라며 많은 감사 헌금을 하라고 강요한다. 온갖 감언이설로 영혼들을 현혹하는데 갑자기 키 큰 괴물이 나타나 '너희들은 신을 빙자해 많은 죄를 지어 여기까지 왔으면서 또 죄를 지으려고 하느냐'며 그들을 십자가가 깔려있는 마당 아래로 내던져 버린다. 바닥으로 떨어진 그들은 십자가의 뾰족한 끝부분에 몸이 찔린 채 살려달라고 애원한다. 묵묵히 그 모습을 지켜보던 세담이 물었다.

"천사님. 저 목자들은 왜 이곳까지 왔을까요?"

"저들은 이승의 세계에서 많은 죄를 지어 여기까지 왔으면서도 또 죄를 지으려고 하니 벌을 받는 것이지요. 성품이 나쁘게 태어난 사람은 이곳에 와서도 나쁜 버릇을 고치지 못하고 저런 짓을 하니 한심한 영혼들이지요. 저들은 지상 삶의 세계에서 십일조를 많이 내면 낼수록 하나님께서는 열 배로 채워주신다고 해서 거둬들인 돈을 하나님 역사하시는 데 쓰지 않고 자신의 향락에 쓰고 이곳으로 온 자들입니다."

"그런데 신부님도 계신데 무슨 죄를 지어 여기까지 왔을까요?"

"수녀와 잘못된 관계를 맺어 이곳으로 온 것으로 압니다."

"천사님! 제 생각에 저들은 본능대로 산 것 뿐인데 그게 그렇게 큰 죄가 됩니까?"

"그게 죄가 되는 게 아니라 저들은 신부나 수녀가 될 때 하나님께 선서를 하고 신부와 수녀가 되었습니다. 파계를 하고 사랑을 했으면 괜찮은데 현직에 있으면서 버젓이 그런 행동을 했습니다. 그것은 하나님과의 약속을 어긴 것이어서 이곳으로 온 것입니다. 이번에는 저쪽 스님들을 보세요."

세담이 다른 쪽 언덕 아래를 보니 불교의 만卍자 표식이 무수히 많은데 그 끝이 역시 십자가처럼 날카롭게 날이 서있다. 얼굴이 번들번들한 스님들이 벌겋게 충혈된 눈으로 언덕 위에서 무엇을 찾고 있는데 별안간 앞이 환해지더니 언덕아래 호숫가의 여자들이 옷을 하나씩 벗으며 스님들에게 손짓을 하며 교태를 부린다. 그것을 보고 너나 할 것 없이 아래로 뛰어내린 스님들은 그곳에 깔려있는 만자 모서리에 찔려 몸뚱이가 만신창이 되지만 아랑곳 없이 뛰어내린다.

그 가운데 몇이 천신만고 끝에 여자들 앞에 가보았지만 정작 여자는 없고 머리에 투구를 쓰고 왕방울 만한 눈을 가진 도깨비들이 큰 방망이를 휘둘러 머리를 내리친다. 그때야 스님들은 정염에 불타던 눈을 아래로 깔고 잘못했다고 연신 빌지만 도깨비들은 인정사정 없다. 너희들은 지상 삶의 세계에서도 큰 잘못을 저질러 여기까지 왔으면서 그 나쁜 버릇을 못 고쳤으니 마땅히 벌을 받아야 한다며 크고 창처럼 날카로운 이빨로 사정없이 물어뜯는다. 스님들이 살려달라고 애원하지만 누구하나 동정의 눈길을 보내는 영혼이 없다.

안내천사는 세담이를 방울이 나뒹구는 만신(무당)의 세계로 데리고 간다. 만신이 춤을 추며 넋두리를 하고 있다. 바람잡이 영혼이 굿을 보고 있는 영혼들 사이로 돌아다니며 만신 중에 영험한 분이 계시니 가서 무꾸리(점괴)를 해 보시라고 바람을 잡는다. 그 꼬임에 넘어간 어떤 영혼이 흰 깃발이 나부끼는 집으로 들어간다.

깃발이 나부끼는 집의 무당 앞에 앉은 영혼은 나는 이곳 아픔의 세계에 와 있지만 우리 아들이 이번 국회의원 보궐 선거에 나가는데 결과가 궁금해서 왔다며 복채를 내놓는다. 만신은 복채를 보더니 어찌하여 이제야 우리 장군님을 찾아왔느냐고 호통부터 친다. 점을 치러 온 영혼은 복채가 적어 그런다는 것을 알고 두둑이 내어 놓는다. 그제야 만신은 점괘를 본다.

온갖 종교인들이 죄값을 치루는 것을 둘러본 세담은 천사에게 이곳에 있는 모든 영혼들은 벌을 받는 것이 마땅하다고 한다. 천사는 모든 종교가 다 그런 것이 아니라 일부가 저런 몰염치한 짓을 하는 것이라며 다른 곳으로 가자고 한다.

이번에 찾아간 곳은 조폭의 세계다. 그곳은 군데군데 호수가 있는데 그 안에 하마와 악어가 득실거린다. 하늘에서는 섬광이 번쩍이며 비가 휘몰아치는데 머리를 짧게 깍은 조폭들이 그곳 안내자의 손에 이끌려 호수에 던져진다. 그러자 호수의 하마와 악어가 이게 웬 떡이냐며 물어 뜯으려고 달려든다. 호수에 빠진 조폭들은 여전히 기고만장해 매가 뭔지를 보여주겠다며 주먹으로 악어와 하마 대가리를 후려친다. 뜻밖의 대응에 악어는 어이가 없어 대뜸 소리를 지른다.

"너희들 이게 뭐하는 짓거리야?"

조폭들은 기다렸다는 듯이 주먹으로 마구 악어 대가리를 내리치며 대답한다.

"뭐하는 짓거리? 이게 매라는 거다. 너희들은 진짜 매라는 것을 모르는 모양인데 맛 좀 봐라!"

그 모습을 보고 있던 대왕 악어가 분이 치밀어 꼬리로 조폭들을 획 내리치자 추풍낙엽이 되어 흩어진다. 옆에서 보고 있던 하마들은 까불다가 꼴좋다며 조폭을 마구 물어 뜯는다. 그 기세에 눌린 조폭들이 혼비백산해서 도망간다. 세담이 살아남은 조폭에게 물었다.

"당신들은 왜 이곳으로 와 벌을 받아요?"

"우리가 왜 이런 벌 받는 것인지 저길 보시요."

세담이 조폭들이 가리키는 곳을 보자 8 · 15 해방과 더불어 친일파 타도를 외친 독립군들에게 친일 경찰 우두머리가 저지른 극악무도한 소행이 고스란히 영화의 한 장면처럼 나타나고 있다. 친일파 경찰 우두머리는 조폭 두목에게 독립군을 일망타진하면 명동의 관할권을 주겠다고 제의한다. 이에 조폭들은 소매치기를 시켜 독립군들의 호주머니에 이강국과 박헌영을 만나기로 한 장소와 날짜가 적힌 쪽지를 집어넣게 한다. 순경의 검문에 걸린 독립군들의 주머니에서 약속이나 한 듯이 그 쪽지가 나오자 경찰서 지하 취조실로 데리고 가 지독한 고문을 한다. 고문 장면이 너무나 잔인해 차마 눈 뜨고 볼 수가 없다.

독립군들이 고문을 견디지 못하고 졸도하면 지장을 찍게 하고 그 사실을 신문에 대서특필했다. 결국 그들은 공산주의자라는 올가미가 씌워져 시름시름 앓다가 죽어간다. 이 땅의 많은 독립운동가들이 그렇게 죽어갔다.

그 모습을 묵묵히 지켜보고 있던 조폭이 무거운 목소리로 입을 열었다.

"독립운동 한 애국자를 제거한 친일파들은 이날까지 저희들이 근대화의 초석이라며 권력행사를 해오고 있습니다. 친일파들 때문에 많은 국민이 죽었어도 별거 아니라며 오히려 그들을 비난하는 국민을 욕하는 나라가 현재의 대한민국 아닙니까. 우리들이 정의로운 독립군 세력을 도와 주먹을 휘둘렀어야 했는데 불의의 세력인 친일파들과 결탁해서 못 된 짓을 했으니 벌받는 것이 마땅하지요. 친일파들의 돈과 권력에 현혹되어 독립운동 한 사람들을 무참히 죽게 했으니까요."

그러나 한 무리의 조폭들은 아무리 영혼의 세계라지만 자기들은 너무 억울하다며 호소하고 나선다. 세담이 무엇이 그렇게 억울 하냐고 묻자 그들 중 하나가 사뭇 목소리를 높인다.

"우리는 남편이 돈 벌러 중동에 간 부녀자들을 적적한 독수공방에서 탈출시켜 환락 세계의 기쁨을 알게 해주었는데 아픔의 나라로 보냈으니 잘못된 것 아닙니까?"

조폭의 항의를 들은 안내천사가 저쪽을 보라고 한다. 세담이 천사가 가리키는 곳을 보니 그곳은 중동의 열사다. 그 뜨거운 땅에서 가족만을 생각하고 열심히 일을 하는 남자들이 있다. 그 부인들은 남편이 보내오는 돈을 알뜰히 모으다가 그만 조폭들의 유혹에 빠져 유흥가에 발을 들여놓아 돈을 몽땅 날린 후 자식까지 내팽개치고 집을 나간다. 그런 부인들의 일그러진 모습이 흑백영화처럼 눈앞을 지나간다. 중동에서 일을 끝낸 남편이 고향 집으로 돌아왔지만 돈은 고사하고 애들마저 뿔뿔이 흩어지고 없다. 자식들을 찾으려고 헤매다가 지치고 병들어 죽는 남편들의 모습이 생생하게 클로즈업 된다.

세담이 저것을 보고도 그런 말이 나오느냐고 분개하자 그때서야 조폭들이 고개를 숙인다. 결국 그들은 핏물이 펄펄 끓는 가마솥 속으로 들어가는 형벌을 받는다.

거기까지 아픔의 세계를 보여준 안내천사는 시간이 없으니 어서 황궁으로 돌아가자고 재촉이다. 천사의 안내로 다시 궁으로 돌아온 세담은 황제의 호의로 드디어 사흘 후 케플러-186f 위성으로 떠나게 되었다.

늦게온 영혼들

케플러-186f 위성으로 출발하기 하루 전날 세담 일행은 하늘나라 황제의 급한 연락을 받고 황궁으로 들어갔다. 손님들을 접대하는 홀로 들어서자 그동안 못 보던 영혼 몇이 황제들과 이야기를 주고받고 있다. 세담 일행을 본 황제는 손을 들어 가까이 오라고 한다. 그들 곁으로 다가간 세담은 황제를 둘러싼 낯선 일행들 가운데서 뜻밖에도 단오고 교무주임 선생을 발견하고 깜짝 놀란다.

교무주임 선생은 세원호가 가라앉기 시작하던 초기에 자신의 안위는 생각하지 않고 100여 명의 학생들이 구조될 수 있도록 최선을 다하다가 간신히 해경에 발견되어 목숨을 구한 분이다. 그런 분이 여기에 오다니. 세담은 불길한 생각에 교무주임 선생 앞으로 다가선다.

"선생님, 선생님께서 왜 여기에 계세요?"

세담을 본 교무주임 선생도 많이 놀라면서도 반가운 얼굴이다.

"세담아. 친구들의 목숨을 구하고 애석하게도 하늘나라로 먼저 떠난 너의 사연이 많은 사람들의 가슴을 울리고 있단다. 하늘나라에서나마 이렇게 만나니 너무 반갑구나. 잘 지내고 있지?"

교무주임 선생은 세담을 비롯해 수영이와 상호를 한동안 부둥켜안고 울먹이다가 곧 문주미 선생과 이보수 역사 선생과도 해후의 인사를 나눈다. 한동안의 격정이 사라지고 나자 이보수 역사 선생이 한결 진정된 말투로 물었다.

"어떻게 된 것입니까? 왜 교무주임 선생님이 이곳에 계십니까? 지금쯤 사후 대책에 정신이 없을 텐데 도대체 무슨 영문입니까?"

그제야 교무주임 선생은 눈물에 젖은 얼굴을 힘없이 떨어뜨리며 간신히 입을 연다.

"더 이상 살아있을 수가 없었습니다. 200여 명의 학생들이 차가운 바닷속에 갇혀 생사를 알 수 없는데 혼자 살기에는 너무 힘이 들었습니다."

"무슨 말씀이세요. 선생님이 아이들을 살리려고 애를 쓰고 마지막까지 안간힘을 다하다가 뒤늦게야 간신히 배에서 탈출했다는 것을 알고 있는데 왜 그런 자책을 하십니까?"

이보수 역사 선생이 안타까워하며 교무주임 선생의 손을 꼭 잡아준다.

"나만 혼자 빠져나온 것 같아 너무 괴로웠습니다. 사망하거나 실종된 학생들의 학부모들로부터 왜 당신만 살아 돌아왔느냐는 질책에 차마 고개를 들 수 없었습니다."

"저런, 저런……"

문주미 선생이 차마 말을 잇지 못하고 눈시울을 붉힌다.

"선생님. 선생님이 무슨 잘못을 했다고 그러세요. 선생님 잘못은 없어요. 배가 침몰하는 장면을 뻔히 쳐다보면서도 제때 구조를 하지 못한 사람들이 잘못이에요."

흥분한 세담의 목소리가 지나치게 높아지자 교무주임은 세담의 손을 꼭 잡으며 말을 이어간다.

"세담아. 이번 수학여행을 기획하고 총괄한 것이 바로 난데 어떻게 책임이 없다고 하겠니? 모든 책임은 나에게 있어. 그래서 모든 책임을 나에게 지워달라는 유서를 남기고 스스로 목숨을 끊은거야."

교무주임의 말에 세담 일행은 소스라치게 놀라며, 교무주임과 나란히 서 있는 낯선 일행들을 둘러보며 설마 하는 표정을 짓는다.

"선생님, 그럼 이분들이 모두……"

"그래, 여기 계신 이분들 모두가 나처럼 세원호 참사의 아픔을 견디지 못하고 스스로 목숨을 끊었거나, 구조과정에서 목숨을 잃으신 분들이시다."

교무주임의 말이 끝나기를 기다렸다는 듯이 오십 대 초반의 남자가 앞으로 나선다.

"며칠이 지나도록 살아있는 사람은 단 한 명도 구조하지 못하고 죽은 아이들의 시체만 인양하는 것을 보면서 아이들에게 너무 미안했습니다. 저는 세원호 참사 희생자의 직접적인 유가족은 아니지만 이 땅의 어른이라는 것이 아이들에게 미안했습니다. 꽃 같은 아이들이 영문을 모른 채 깊고 캄캄한 바닷속에서 죽어가고 있는데도 숨기고 변명하고 서로 책임 떠넘기기에 급급한 어른들의 모습에 절망했습니다. 그리고 부끄러웠습니다. 도저히 살아있을 용기가 없었습니다. 차마 견딜 수 없어 지갑에 든 몇 푼의 돈은 유족들을 위한 성금으로 사용하고, 시신은 기증하겠다는 유서를 남기고 자살을 했습니다. 저는 저의 행동을 결코 후회하지 않습니다. 못난 어른들 때문에 죽어간 아이들에게 한없이 미안하고 용서를 빌 따름입니다."

조용하면서도 묵직하게 폐부를 찌르는 남자의 말에 세담 일행은 모두 눈물을 흘리며 어쩔 줄 모른다. 영문도 모른 채 수장당한 억울함으로 얼음같이 차갑게 얼어있던 일행의 가슴에 이제야 희미하지만 온기가 도는 느낌이다. 그래서 감정이 자꾸 격해지면서 좀처럼 눈물이 그치지 않는다. 특히 이보수 역사 선생은 자신도 살아남았으면 틀림없이 저런 극단적인 행동을 하지 않으면 현실을 감당할 수 없었을 것이라는 생각에 마음이 무겁다. 그러면서도 저런 분들을 위로하기 위해서라도 세월호 참사의 원인규명과 진실은 반드시 밝혀야 한다는 결심을 한다. 그때 입을 다물고 있던 잠수복 차림의 삼십 대 중반의 사내가 앞으로 나섰다.

"저는 민간 잠수사로 아이들의 목숨을 한 명이라도 더 살리고 싶어서 사고 당일 잠수 장비를 챙겨 진도 팽목항으로 급하게 차를 몰았습니다. 도착해보니 저와 같은 생각을 가진 수십 명의 민간 잠수사들이 이미 도착해있었는데 입수조차 못하고 있었습니다. 해경이 자기들 인력으로도 충분하니 기다려보라는 말만 되풀이하고 있어 보다 못해 제가 구조 책임자를 만나게 해달라고 하였지만 거절당했습니다. 그러면서 여기가 스쿠

버다이버 실습장인줄 아느냐고 핀잔을 주고 조롱했지만 저는 생존자를 한 명이라도 구해야 한다는 생각에 모욕을 참았습니다. 사흘이 지나도록 입수는커녕 사고 해역 근처에도 못 가게 하던 해경이 갑자기 저를 비롯한 몇 명의 잠수부들을 배에 태우고 사고 해역으로 달려가더니 빨리 수색을 시작하라는 것이었습니다. 알고 보니 실종자 가족들이 해경과 해군을 믿지 못하겠다며 민간 잠수부 투입을 강하게 요구해서 이루어진 갑작스러운 결정이었습니다."

"그럼, 사고 당일부터 해경, 해군, 민간인 잠수부를 100여 명 이상 투입해 구조 활동을 했다는 정부는 발표는 무엇입니까?"

이보수 역사 선생이 침통한 표정으로 묻었다.

"그 발표는 거짓말입니다. 처음에는 고작 10여 명의 해경과 해군 잠수부가 잠깐씩 입수를 했다가 나온 게 고작이었습니다."

"저런, 죽일 놈들을 봤나. 100여 명이 넘는 잠수부들이 쉴 틈도 없이 바닷속을 뒤지며 실종자들을 찾고 있다고 그렇게 큰소리를 치더니…… 그게 거짓이라니. 참 기가 막힐 노릇입니다."

이보수 역사 선생의 탄식에 잠수부는 더욱 격앙된 표정으로 목소리를 높인다.

"기가 막힌 것은 또 있습니다. 유족들의 격한 요구에 잠깐 입수를 허락한 해경은 시간이 조금 지나자 계약을 맺은 업체들에게 실종자 수색을 맡긴다고 발표를 하고 이런 저런 핑계를 만들어 우리들을 사고 해역에 들어가지 못하게 하더니 정부나 국회에서 높은 사람들이 나오면 미처 준비할 틈도 없이 바닷속에 들어가 수색을 하라며 다그치기 일쑤였습니다. 이런 냉대와 모욕적인 처우에 화가 난 민간 잠수부 몇은 참다못해 철수를 했지만 저는 그래도 실종자들을 하나라도 더 찾으려는 일념으로 고통스러운 시간을 견뎠습니다. 수색이 길어지면서 인력이 부족해지자 그제야 해경은 민간 잠수부들에게 수색을 허락했지만 도무지 일관성 없이 들쑥날쑥 이었습니다. 잠수를 하고 올라와 고압산소실에서 휴식을 취하는 시간도 드물었습니다. 그러다가 어제 새벽 6시쯤 유속이 약해지는 정조 시간에 맞추어 선체 수색작업을 하던 중 갑자기 교신이 끊어지고 정신이 혼미한 상태로 방치되었다가 목숨을 잃었습니다."

"아. 뭐라고 위로의 말씀을 들려야 할지…… 안타깝고 고마울 따름입니다."

문주미 선생이 슬픈 얼굴로 잠수부를 위로하지만 그는 오히려 담담한 표정이다.

"고맙다니요? 한 명의 실종자라도 더 찾지 못하고 이렇게 되어서 미안하고 안타까울 따름입니다. 초기에 빠르고 신속하게 가용할 수 있는 모든 잠수부들을 동원해 사고 해역을 수색했으면 틀림없이 생존자들을 찾았을 것입니다. 그 생각만 하면 자꾸 가슴이 미어집니다."

잠수부는 끝내 말끝을 잇지 못하고 고개를 돌린다. 그러자 대한민국의 어른인 것이 부끄러워 스스로 목숨을 끊었다는 남자가 다시 앞으로 나선다.

"이번 세월호 참사를 보며 전 침몰하는 한국사회의 축소판을 보는 느낌이었습니다. 선원이 승객들을 남겨놓고 먼저 탈출하는 모습은 위기에 처하면 몰래 빠져나가는 재벌회장, 국회의원, 고위관료 등의 한국 사회지도층과 너무나 닮은꼴이었습니다."

"그렇습니다. 6·25전쟁 때 국민들에게 끝까지 서울을 사수하겠다고 약속한 왕이 저 혼자 살겠다고 한강 다리를 끊어버리고 도망친 나라가 한국입니다. 그때부터 60년의 세월이 흘렀지만 달라진 게 아무것도 없습니다."

이보수 역사 선생의 울분에 찬 말에 교무주임 선생이 나섰다.

"역사 선생님의 말씀이 옳습니다. 그래서 드리는 말씀인데 조금 전에 하늘나라 황제의 말을 들으니 여기 계신 선생님 두 분과 학생 셋은 이곳이 아니라 더 좋은 과학문명과 환경을 가진 위성으로 간다는 말을 들었습니다. 부탁드립니다. 그곳으로 가시면 그곳 위성의 도움을 받아 부디 어처구니없는 세월호 참사의 진실을 꼭 밝혀주시기를 바랍니다. 그것만이 영문도 모른 채 죽어간 수많은 영혼들에게 조금이나마 속죄하고 차후에 이런 참사가 되풀이 되는 것을 막는 유일한 방법입니다."

"맞습니다. 다리가 끊어지고 백화점이 무너져도 그때만 대충 넘기면 된다는 것이 대한민국 위정자들의 모습이고 생각입니다. 일제 강점기 36년의 고통스러운 세월을 겪고도 친일파 앞잡이 하나 제대로 처단하지 못한 나라입니다. 처단은커녕 오히려 민족을 팔아먹은 앞잡이 개들과 그들 후손들은 보란 듯이 떵떵거리며 잘 살고 있습니다. 모든 게 그때만 넘기면 된다는 임기응변으로 적당하게 살아왔기 때문입니다. 그 과정에서 애꿎은 국민들만 희생을 당해왔습니다. 영파워 XQ 위성에 가면 꼭 여러분들의 말씀대로 진실을 밝히도록 약속드리겠습니다."

이보수 역사 선생의 말에 늦게 온 영혼들은 안심되는 듯 시종 어둡던 표정이 환해진다. 교무주임 선생이 이보수 역사 선생님의 두 손을 잡으며 마지막으로 간곡히 호소한다.

"고맙습니다. 우리가 하늘나라에서 이렇게 만난 것도 그런 우주의 섭리가 깔려 있는 게 아닐까 싶습니다. 부디 꼭 진실을 밝혀주시기를 믿겠습니다."

이보수 역사 선생도 교무주님의 손을 맞잡으며 굳게 약속을 한다.

"잘 알겠습니다. 비록 여기서 헤어져야 하지만 여러분들의 고귀한 마음을 온전히 간직하고 있겠습니다. 영파워 XQ 위성에 함께 가지 못해 너무 아쉬울 따름입니다."

"괜찮습니다. 하늘나라 황제의 배려로 우리도 여기서 잘 지낼 수 있을 것 같습니다. 그러니 우리 염려는 말고 부디 잘 가시기를 바랍니다."

교무주님의 말이 끝나자 안내천사가 늦게 온 영혼들이 기거할 곳을 돌아봐야 한다며 모두 데리고 응접실에서 나간다. 세담 일행은 황제가 내일 일찍 영파워 XQ 위성으로 출발해야 하니 일찍 쉬라고 해서 숙소로 돌아왔지만 쉽게 잠들지 못한다. 늦게 온 영혼들의 고귀한 인품에 감화되어 마음이 따뜻하면서도 한편으로 그들과 그들 가족의 처지를 생각하니 가슴이 아프다. 뿐만 아니라 그들을 통해서 전해들은 이야기에 마음이 여간 착잡하지 않다. 특히 이보수 역사 선생은 여러 가지 생각으로 머리가 복잡하지만 그럴수록 반드시 세원호 참사의 진실을 밝혀야 한다는 결심을 새삼 가다듬었다.

케플러-186f 위성

하늘나라 은하열차 888호를 탄 세담 일행은 케플러-186f 별로 날아가고 있다. 그런데 어딘가에서 은하철도 999 배경음악과 흡사한 슬픈 곡이 조용히 흘러나온다. 그 소리에 세담은 슬픔이 엄습하며 엄마와 시은이 떠오른다. 그들은 지금 어떻게 지낼까? 생각하니 자꾸 서러워진다.

그 시간 아직도 병원에 입원 중인 시은이는 세담이를 애타게 부르며 계속 헛소리를 하고 있다. 시은 엄마는 그런 시은을 달랜다.

"시은아, 세담이 너에게는 사랑하는 친구이면서 생명의 은인이지만 세담 엄마에게는 자식이야. 자식 잃은 슬픔은 사랑하는 사람을 잃은 것의 몇 배 더 아픈 거야. 그러니 빨리 정신 차리고 네가 가서 돌봐드려야 하지 않겠니?"

그 말을 들은 시은은 그제야 조금씩 기운을 차린다.

"그래 엄마. 어서 정신을 차리고 세담 어머니를 돌봐드려야 돼."

"시은아. 그러니 하루 빨리 일어나야지."

엄마의 설득에 가까스로 건강을 되찾아 퇴원을 한 시은은 곧장 변 여사를 찾아간다. 세담의 집에 있던 한 쌍의 비둘기 가운데 한 마리만 시은을 보며 반가워 한다. 그것을 본 시은이 세담 엄마에게 물었다.

"비둘기가 왜 한 마리뿐이에요?"

"저나마 남아서 나를 위로해 주니 고맙지 뭐냐?"

변 여사가 힘없는 목소리로 대답을 하는데 친구인 현숙이가 세탁실에서 빨래를 들고 나오다가 시은을 발견한다. 시은이 현숙의 손을 잡고 눈물을 글썽인다.

"현숙아, 고맙다."

"시은아, 고맙긴 당연한 거지. 세담이 아니었으면 너와 내가 지금 어떻게 여기 있겠어?"

"맞아 세담이가 우리를 살리고 하늘나라로 간거야. 그러니 우리 둘이 세담 엄마를 정성껏 모셔야해."

시은과 현숙은 맞잡은 손을 오랫동안 놓지 못하고 흐느꼈다.

세담은 케플러-186f 위성으로 가면서 시은이 생각이 간절하지만 '그래, 잊자. 잊고 케플러-186 위성으로 가 잘 살자'고 마음을 추스른다. 그때 안내천사가 이 열차는 칸마다 다양하게 꾸며놓았으니 심심하면 열차 안을 구경하라고 한다. 세담은 천사의 안내로 열차 안의 이곳저곳을 돌아다닌다.

첫째 칸은 프랑스 베르사이유 궁전을 본떠 꾸민 것 같은 방이다. 방은 온통 거울로 되어있고 그 옆은 앙뜨와네뜨 침실처럼 호화롭게 꾸며져 있다. 안내천사가 학생도 이런 곳에서 살고 싶지 않느냐고 하자 세담이 싱긋 웃기만 한다. 안내천사는 케플러-186f 위성에 도착하면 천사의 방으로 보내 달라고 부탁하면 보내 줄 것이라고 한다.

다음 칸은 이스탄불의 소피아 궁전을 본 뜬 칸인데 안에서 회교도들이 예배하는 예배당으로 꾸며져 있다. 세담은 거기서 예배를 끝내고 나오는 회교도에게 조심스럽게 물었다.

"당신은 어째서 태양계가 아닌 케플러-186f 위성으로 가는데도 예배를 합니까?”

“우리 마호메트께서 인간은 나면서 평등하고 서로 사랑하며 나누는 삶을 살라는 계명을 남기시었는데 그 말씀이 너무나 가슴에 와 닿아 큰 모스크를 지어 다 함께 기도하는 것이지요. 그리고 가난한 자에게는 음식을 줍니다. 그런 나눔의 정신이 깃들어 있어 마호메트교를 믿으면 절대 변함이 없습니다.”

그의 말을 들은 세담은 ‘그래서 회교도들은 변절자가 없는 것인가?’ 하는 생각을 하면서 옆 칸으로 갔다.

그 칸은 천주교회로 꾸며져 있는데 역시 천주교 신자가 예배를 드리고 있다. 세담은 그에게도 물었다.

“하나님과 예수님은 하나인데 지구에는 왜 예수님을 빙자한 단체들이 그렇게 많습니까?”

“그들은 돈에 눈이 멀어 하나님을 앞세워 거짓을 밥 먹듯 하는 사기꾼들이지요. 하나님 아들인 예수그리스도를 팔아 호의호식을 하는 사탄이지요.”

천주교 신자의 대답을 듣고 세담은 다음 칸으로 간다. 기독교 시설로 꾸며져 있는 그곳에서 기도하고 나오는 기독교 신자에게도 세담은 같은 질문을 던진다.

“당신들은 지구상에 기독교 교리가 제일이라며 전도를 하는데 천주교 신자는 천주교 외에 다른 종파들은 모두 인정하지 않으니 어떻게 된 것입니까?"

그러자 기독교 신자가 발끈한다.

"그것은 맞지 않는 말씀입니다. 어찌 인간의 본능을 능가하는 교리가 있을 수 있습니까? 5백 년 전 마르틴 루터 신부님께서 종교개혁을 한 것을 알고 계시지요? 왜 개혁을 했는가? 천주교, 기독교 교파를 가리지 않고 하나님이 주신 인간의 본능, 그 본능에 따라 사는 것이 하나님 뜻이라는 논리로 종교개혁을 하신 것입니다. 이 세상 모든 생물은 세상에 나오면 우선 먹으려고 하고 다음은 싸려고 합니다. 그러니까 먹고 싸는 것이 하나님이 내리신 본능인데 그것을 억누르는 것은 맞지 않는 것 아닙니까? 마르틴 루터께서 종교 개혁을 하기 전에 신부님들이 어떠했을 거라고 생각하십니까? 그들도 동물이라 어쩔 수 없이 먹고 쌌습니다. 그 결과가 성스러운 성당 뒷마당에 묻힌 수많은 아기들 시체이지요. 그래서 마르틴 루터님이 천주교를 개혁한 것입니다."

기독교인 설명을 듣고 있던 세담이 다시 질문을 한다.

"지금도 무수히 많은 기독교 종파들이 생기고 있는데 그들을 모두 이단이라고 하는 당신들의 말이 정말 맞다는 이야기입니까? 우리가 알기로 지금의 기독교는 마르틴 루터가 종교개혁하기 전과 같이 부패해 썩은 냄새가 진동하는데 그것은 어떻게 설명하시겠습니까?"

그러자 기독교인이 약간은 쑥쓰러운 얼굴로 세담을 바라보며 대답한다.

"그것도 맞아요. 개신교는 윌리암 부스가 창시한 구세군 빼고는 이제 또 개혁할 때가 되었다고 생각합니다. 그래서 우후죽순처럼 자기가 하나님 아들이라며 떠드는 사이비 목사들이 발을 못 붙이게 해야 합니다. 그렇게 하기 위해서는 예수그리스도의 이웃 사랑하길 네 몸 같이 하라는 말씀을 꼭 지켜야지요."

세담은 기독교인의 말을 듣긴 했지만 어쩐지 시큰둥해서 다음 칸으로 간다.

다음 칸은 놀이동산 칸인데 이곳에 그동안 모습을 보이지 않던 상호, 수영, 문주미 선생, 이보수 역사 선생이 함께 모여 있다. 세담은 두 분 선생님과 친구들을 만나자 반갑고 안심이 된다. 주위를 둘러보다가 뒤쪽 가운데에 넓은 무대가 눈길을 끌어서 무엇을 하는 곳이냐고 상호에게 물었다. 상호가 자기가 하고 싶은 것은 무엇이든 할 수 있는 무대라고 하자 수영이 상호에게 무대에 올라가 노래를 부르라고 한다. 망설이지 않고 무대에 올라간 상호는 '그리운 금강산'을 열창한다. 다음으로 세담이 '가고파'를 부르고 수영이 '그건 너'를 개사해서 부른다.

모두들 깨어보니 아침이었네
갑판 위에 흰 비둘기 끼룩거리네
우리는 비둘기에게 소리 쳤다네
어이해 애처로이 울고 있냐고
그건 너 그건 너 바로 너 때문이야
그건 너 그건 너 바로 너 때문이야

세원호 큰 몸체 기우뚱 하네
우리들 겁먹고 객실로 왔네
그러나 객실은 물이 찻다네
우리들 바보처럼 울고 싶었네
그건 너 그건 너 바로 너 때문이야
그건 너 그건 너 바로 너 때문이야

우리들 붕어가 흙탕물에서
방울방울 숨을 토해내며 죽어가듯
구조도 못 받고 죽어갔다네
마주친 친구 녀석 엄마를 찾네
그건 너 그건 너 선원들 때문이야
그건 너 그건 너 공직자들 때문이야

우리들 선생님만 믿고 있었네
그러나 선생님도 속고 말았네
우리는 울면서 엄마를 부르고 말았네
그건 너 그건 너 바로 너 때문이야
그건 너 그건 너 바로 너 여왕 때문이야

수영의 노래에 모두가 숙연해져 눈물을 흘리자 안내천사는 시간이 없다며 다음 칸으로 일행을 인도한다.

그 칸에는 여러 가지 모형의 UFO들이 진열되어 있다. 세담이 안내천사에게 왜 이런 UFO를 전시해 놓았느냐고 묻자 케플러-186f 위성에 도착하면 어느 별이든 마음대로 여행하게 되는데 그때 타고 다니는 것이라고 설명한다.

안내천사의 말에 세담 일행은 흥분되어 하루 빨리 케플러-186f 위성으로 가 UFO를 타 보고 싶다는 충동에 사로잡힌다. 모두 UFO를 타고 우주 미지의 별들에 가보자는생각에 사로잡힌 채 한 달 만에 '케플러-186f 위성에 도착한다.

'이제 지구와 하늘나라는 모두 잊고 여기 케플러-186f 위성에서 새출발하는 기분으로 살리라' 다짐한 세담은 들뜬 기분으로 위성에 첫발을 딛는다. 그런 세담의 속내를 읽은 안내천사는 여기까지라며 작별을 고한다.

"학생, 여기서 잘 지내요."

"그럼, 천사님은?"

"나는 지구태양계 소속이니 그곳으로 가야 해요."

천사는 타고 왔던 열차로 되돌아가며 손을 흔든다. 세담은 고맙다고 인사하고 888열차에서 내려 그곳 천사의 뒤를 따랐다.

영파워 XQ 위성

888열차에서 내려 두리번거리는데 갈색 눈에 그곳 특유의 화려한 옷을 입은 안내천사가 세담 앞에 나타났다.

"우리 'YOUNG POWER XQ 위성'(이하 영파워 XQ 위성)에 오신 것을 환영합니다. 지구에서는 우리 위성을 케플러-186f 라고 부른다는데 실제로 우리 위성의 정식 명칭은 YOUNG POWER XQ(새로운 힘을 발휘 한다는 뜻)입니다. 영파워 XQ 위성은 지구 반대편 태양계에 속해 있어 다른 위성에서 오는 영혼들은 우리 영파워 인간으로 개조되어 살아가게 됩니다."

안내천사의 설명이 선뜻 이해가 안 된 세담은 그게 무슨 뜻이냐고 물었다. 천사는 지구에 있을 때 학생이었느냐고 물어서 그렇다고 하니 그럼 앞으로 학생이라 부르겠다고 한다.

"학생. 우선 저 이글아이(eagle eye)를 타고 영혼 개조의 방으로 가야 합니다."

세담이 천사가 가리키는 지구의 승용차 같은 것을 타자 사뿐히 바닥에서 오 미터쯤 떠서 날아간다. 세담이 어리둥절해 쳐다보자 안내천사는 빙긋이 웃으며 이 차는 수소차로 지상에서 오 미터 떠가고 있는데 그것은 먼지를 일으키지 않기 위해서라며 궁금증을 풀어준다. 그렇게 잠깐 간 것 같은데 목적지에 다 왔으니 내리라고 했다.

이글아이에서 내려 큰 건물로 들어선 세담 일행은 그곳의 복잡한 기구에 정신이 혼란하다. 천사는 여러 개의 방 가운데에 '영혼 개조의 방' 이라는 간판이 붙은 곳으로 일행을 데려간다.

그곳에는 희한한 기계 속에 여러 영혼들이 누워있다. 천사는 이곳에 오는 영혼은 누구든 이곳 영혼 개조의 방을 거쳐야 이곳 인간이 된다며 세담 일행도 그 기계에 누우라고 손짓한다. 천사가 시키는 대로 세담이 기계 속에 들어가 눕자 스르르 잠이 든다.

얼마를 잤을까? 천사가 깨워서 눈을 뜨니 그만 나오라는 것이다. 세담이 기계 밖으로 나오자 천사가 이제 학생은 이곳 인간으로 개조되었다고 한다. 세담이 말뜻을 이해하지 못하자 천사가 친절하게 설명을 덧붙였다.

"이곳 영파워 XQ 위성은 온 우주에서 생명공학이 제일 발달해 생명체를 마음대로 할 수 있는 위성입니다. 그래서 지구에서 온 학생은 여기 영파워 XQ 위성 인간으로 개조되어 살아가게 되는 것입니다."

세담이 계속 의구심이 가득한 눈으로 바라보자 안내천사는 영파워 XQ 위성은 모든 천체를 다스리라는 신의 명으로 영혼을 바꿀 수 있는 것이라고 알려줬다. 세담이 그럼 인구가 폭발적으로 늘어 살기가 어려워질 것 아니냐고 하자 천사는 그래서 이곳은 생명윤리위원회가 있어 위원회에서 인구를 조절한다는 것이다. 즉 영파워 XQ 위성에서는 쓸모없는 인간과 꼭 필요한 인간을 가려 쓸모없는 인간은 DNA를 조작해 죽게 내버려 두고 꼭 필요한 인간들은 영혼 조작을 통해 새 생명체로 살게 한다는 것이다.

천사는 사각형의 용기에 200ml의 액체가 들어있는 것을 세담에게 건네주며 아침저녁으로 한 봉지씩 먹으라고 하며 이곳에서는 이것을 먹으며 하루를 보낸다고 알려준다. 그 액체 속에는 지구에서 말하는 사탕수수 추출물과 벌꿀, 로얄제리, 또

술이 약간 들어가 있는데 바다의 물고기들에서 추출한 영양분도 함께 들어 있어 하루에 한 봉지씩 먹으면 2백 년을 살 수 있는 영혼의 생명수라는 것이다. 천사는 이제 학생도 개조가 되었으니 생명수를 먹고 이곳 생활에 잘 적응해 살아가기 바란다고 당부한다. 그리고 영파워 XQ 위성에서 개조된 사람들은 정부에서 승인한 보석을 하나씩 받게 되는데 그 증정식이 곧 있을 거라고 했다.

잠시 후 증정식에 참석한 세담 일행에게 사회자는 이곳에서 주는 보석에 대한 경위부터 설명드리겠다고 한다.

"이 보석은 이곳에만 있는 영혼의 보석으로 목걸이나 반지를 목에 걸던지 손가락에 끼면 목걸이는 24분, 반지는 12분 동안 생체가 영혼으로 변합니다. 정부의 승낙 없이는 보석을 반출할 수 없는데 지구에서 온 영혼들은 원죄 없는 잉태자로 밝혀져 특별히 드리는 것입니다. 그럼, 이름을 부르면 한 분씩 앞으로 나오시기 바랍니다.

"먼저 문주미 선생님."

제일 먼저 이름이 불린 문주미 선생이 보석 장관 앞에 선다.

"문주미 선생님은 지구에서 온 유일한 여자라 목걸이를 드리겠습니다. 이 목걸이를 목에 걸면 이곳 영파워 XQ 위성에서는 24분 영혼으로 있게 됩니다만 혹시라도 지구에 가게 되면 생체 24분, 영혼 24분이 되는 보석입니다."

"다음은 이보수 역사 선생님. 선생님은 지구의 따님 것 까지 두 개의 반지를 드리겠습니다."

"다음은 김세담 학생. 학생은 정의의 사나이로 배가 침몰할 위기에서 동료 학생들과 여자 친구를 구하고 이곳으로 온 갸륵한 성품의 소유자로 엄마와 연인의 것까지 두 개의 반지를 주겠습니다."

"다음은 이상호 학생. 학생도 원죄 없는 잉태자로 태어나 여기로 온 선한 영혼입니다. 역시 두 개의 반지를 드리는데 하나는 영혼의 반지가 아닙니다."

"다음은 김수영 학생. 학생도 반지 두 개를 주겠습니다. 둘 중의 하나는 영혼의 반지가 아닙니다."

모두들 이렇게 목걸이와 반지를 받아들고 증정식은 끝났다. 반지 두 개를 받아들고 어리둥절하는 세담에게 천사가 다가와 말한다.

"학생은 지구별에 있을 때 여자 친구와 함께 했던 아름다운 시간이 있었지요. 반지를 끼고 영혼의 세계에 가서 지구에 있을 때의 감정을 연출해 봐요."

세담은 천사가 시키는 대로 손가락에 반지를 끼고 시은과 함께 있었던 행복한 시간을 생각을 하자 그때와 똑같은 감정이 되살아났다.

"아, 그래서 이곳이 천국이구나?!"

세담은 자기도 모르게 저절로 탄성이 흘러나온다. 천사는 이제부터 학생은 생각하는 대로 감정이 바뀌는 반 영혼 반 생체가 되어 혹시 지구를 가게 되면 12분 생체, 12분 영혼으로 있을 수도 있다고 알려준다.

세담이 그럼 우리가 지구에도 갈 수 있느냐고 묻자 그것은 더 지나보면 알게 될 것이라고 말한 안내천사는 곧 세담 일행이 기거할 곳을 정해야 하니 지금부터 영파워 XQ 위성 여러 곳을 돌아볼 것이라고 한다.

천사는 세담 일행을 영파워 XQ 위성 본부 교통 센터로 데리고 간다. 국내선 이글아이(지구에서 말하는 UFO) 센터라는 간판이 붙어있는 곳으로 들어가자 이글아이 계류장인 것 같다. 세담이 지구에서는 저런 것을 UFO라고 하는데 여기서는 다른 이름으로 부르는 것 같다고 하자 천사는 간판에 쓰여 있는 대로 이글아이라고 부른다고 한다. 세담 일행을 지구 뜻으로 독수리 눈이라고 하는 소형 이글아이에 태운 안내천사는 천천히 갈까요? 빨리 갈까요? 물었다. 세담 일행이 빨리도 가보고 천천히도 가보면 안 되느냐고 하자 천사는 알았다고 한다.

이글아이는 처음엔 빛의 속도로 빠르게 날아간다. 세담은 이글아이 안에서 창밖을 내다보지만 너무 빨라서 뭐가 뭔지 모르게 스쳐간다. 그렇게 잠깐 달린 것 같은데 영파워 XQ 위성을 한 바퀴 돌았다는 것이다. 세담 일행은 여기가 지구에서 말하는 UFO의 나라구나 실감한다. 그 다음은 천천히 가는 이글아이를 타는데 지구의 택시와 같아 한 사람씩 탄다. 천천히 교외로 나가니 도로가 아스팔트가 아니고 파란 잔디로 깔려있어 세담은 왜 그런지 궁금하다.

"천사님 어떻게 도로가 잔디입니까?"

"이곳은 모든 천체 중에 과학이 제일 발달해 물에서 수소를 추출해 씁니다. 그래서 이곳의 동력은 수소로 움직여 공해를 일으키지 않습니다. 또한 모든 교통수단이 지상에서 오 미터 떠 다니는 바람에 행여라도 먼지가 날까봐 잔디를 깔아놓은 것이에요."

한참을 달리던 천사가 여기서부터 볼만하니까 구경 잘 하라며 세담 일행을 내려놓은 곳이 깊은 정글이다. 큰 나무들이 하늘을 뒤덮고 아래로는 작은 나무들이 지천인데 나무들마다 꽃이 피어 조화롭고 평화롭다. 큰 나무 위에는 군데군데 꽃으로 장식한 집들이 있다. 세담은 그 집들이 보고 싶다.

"천사님 나무 위의 집을 보고 싶은데 어떻게 갑니까?"

"처음이라 그것을 잊으셨군요?

"무엇을요?"

"처음 영파워 XQ 위성에 오셨을 때 이곳 사람으로 개조되고 기념으로 반지를 받았을 텐데요. 저 나무 위의 집을 보고 싶으면 그 반지를 끼면 영혼으로 바뀌어 나무 위로 올라갈 수 있어요."

세담은 천사가 시키는 대로 반지를 끼자 영혼이 되어 나무 꼭대기에 사뿐히 오른다. 지상 삼십 미터 위의 꽃집이다. 꽃집 앞에서 인기척을 하자 문이 열리며 예쁜 남녀 한 쌍이 나와 공손히 인사를 한다.

"어서 오세요! 새로 오신 원죄 없는 잉태자이시군요?"

세담이 그렇다고 인사를 하자 그들은 집안 구경을 시켜준다. 집안의 하얀 벽면은 단아하면서도 조화로운 꽃으로 장식되었고 침실도 온통 꽃으로 장식되었다. 침대는 옥으로 되어 있고 매트리스는 옥 위에 십 센티쯤 떠있다. 옆에서 보면 육체가 십 센티 위에 떠서 자는 모습이다. 방안에는 백합꽃 향기가 가득하다. 그러나 세담은 그 꽃향기가 어쩐지 거북해서 거실로 나와 부부에게 왜 백합을 방안에 두었느냐고 물었다.

"우리 부부가 백합 향을 좋아해 그것으로 침실을 꾸며 놓았습니다."

"백합 향은 일시적으로는 좋아도 오래 맡으면 머리가 아파 부부 침실에는 적합지 않은 향이라고 알고 있습니다."

"아, 학생은 이곳이 처음이라 잘 몰라서 하는 말씀입니다. 조금 더 지나면 알게 되겠지만 이곳 백합 향은 독이 없습니다."

"그렇습니까? 제가 목이 마른데 이곳에서는 뭘 마시는지요?"

"이곳의 음료는 저기 고목나무 구멍 속에 있습니다. 저 구멍 속에는 나무의 향이 나는 물이 들어 있습니다. 그것을 손으로 떠마시면 됩니다. 나무마다 다른 향의 물이 들어 있으니까요."

"그럼, 저도 먹어 볼 수 있을까요?"

"있다마다요. 이리 오시지요."

세담이 머뭇거리자 꽃집의 부부가 이런 때는 산 영혼이 되어야지요 한다. 세담은 깜빡했구나 하면서 산 영혼이 되어 큰 나무 구멍에서 물을 떠먹으니 물맛이 무덤덤해 부부를 쳐다본다. 부부는 세담이 왜 그러는지 알아차리고 맛있는 음료를 드릴게요 하더니 계피 향과 꿀맛이 난다는 큰 나무로 데려가 구멍에 있는 물을 나뭇잎에 떠서 먹으라고 한다. 먹어보니 딱 한국의 맛이다. 세담이 이제야 제 맛이 나는 음료를 먹어 본다고 하자 부부는 빙긋이 웃으며 여기 온 지 얼마 안 되어 그렇다며 자기들도 처음에는 학생과 같았다고 알려준다.

꽃집 부부와 작별을 한 세담이 다시 소형 이글아이를 타고 간 곳은 큰 나무는 없고 잔잔한 꽃들로 가득한 벌판이다. 군데군데 호수가 있고 호숫가에는 나무가 몇 그루씩 서있다. 나무 밑에는 잔디가 깔렸고 옆으로는 그곳에서만 볼 수 있는 특이한 꽃들로 뒤덮여 있다.

꽃은 한 가지 색이 아니고 다섯 잎이 각자 다른 색이고 꽃잎마다 다른 빛을 발한다. 빨강은 빨강 빛을, 파랑은 파랑 빛을, 노랑은 노랑 빛을, 그렇게 다섯 가지 빛을 발산하며 아름다운 모습을 마음껏 뽐내고 있다. 잔디밭에는 젊은이들이 저마다 편한 자세로 앉아서 이야기를 나누고, 한쪽에서는 그 모습을 화폭에 담고 있는 화가가 보인다. 세담이 그림을 뚫어지게 바라보자 화가가 물었다.

"당신은 처음 보는 사람인데 그림에 관심이 많은 것 같습니다."

세담이 그렇다며 고개를 끄덕이고 이곳 그림은 지구의 그림과 많이 다르다고 말하자 화가는 지구에서 온 사람이냐며 놀라워 한다. 손에 들고 있던 붓을 잠시 내려놓은 화가는 지구에는 화가는 많으나 그림 같은 그림이 없다며 저쪽을 보라고 한다. 세담이 화가가 가리키는 곳을 보니 여러 가지 그림이 놓여있고, 그 그림들은 한결같이 빛을 발하고 있다.

그림을 유심히 보고 있는 세담에게 화가가 어떠냐고 물어서 너무 신기하다고 하자 처음 온 사람은 밤에 그림을 봐야 더 신기한 것을 알게 될 것이라고 한다. 세담은 밤이 되어 그곳에 다시 가서 그림을 보니 너무 놀랍다. 그림이 빛을 발산해 그림 속의 모든 물체들이 살아 움직이는 것처럼 보이기 때문이다.

세담은 지구의 모든 그림은 죽은 그림인데 이곳의 그림은 살아있는 그림이라니, 어쩜 이럴 수가 있을까 싶은 황홀경에 빠져든다. 하지만 천사가 한 달 안에 영파워 XQ 위성의 모든 것을 보게 하라는 상부의 지시가 있어 지체 할 수가 없으니 어서 이글아이를 타라고 재촉한다. 천사는 이곳이 모든 천체 가운데서도 으뜸인 천국별이어서 앞으로 점점 더 신비한 것을 보고 겪을 것이라며 세담 일행을 데려 간 곳은 사방이 휘황찬란한 보석으로 가득 찬 골짜기이다.

보석의 방

천사의 안내로 보석의 골짜기로 들어선 세담은 큰 건물의 중앙홀로 인도되어 들어간다. 세담은 홀의 천정을 보고 입을 다물지 못한다. 특히 중앙홀 가운데 걸려있는 샹들리에는 예술의 모든 것을 보여주는 것 같다.

지구에서는 보지 못한 보석들로 장식이 되어 있고, 그 장식에서 뿜어 나오는 빛으로 홀 안은 오색 영롱의 물결이다. 다섯 색깔이 마치 지구의 샹들리에와 같은 빛을 발산하지만 그것은 지구에서는 도저히 찾아 볼 수 없는 빛이다. 사방의 벽도 역시 갖은 보석으로 꾸며져 있는데 말로 표현할 수 없는 빛을 발산하고 있다.

세담이 넋을 잃고 쳐다보고 있자 천사가 빙그레 웃으며 이 보석 마을에서 하룻밤 자고 가라고 한다. 세담이 저 혼자요? 하자, 천사는 혼자면 어떠냐며 세담을 보석의 방이라고 쓴 곳으로 데리고 들어간다.

그곳 보석의 방은 규모가 작지만 중앙홀과 비슷하게 꾸며져 있다. 세담은 그 밤을 보석의 방에서 지내게 되었다.

초저녁이 되어도 불이 꺼지지 않는 방. 그곳의 모든 빛은 보석에서 뿜어져 나오는 빛이라 꺼지지 않고 밤에는 더 아름다워 보인다. 창문 밖을 보니 드문드문 나무가 서있는데 꽃이 만발하고 만발한 꽃에서는 아름다운 빛이 흘러나와 어둠을 물들이고 은은한 향까지 코끝을 간지럽힌다.

세담은 꿈의 세계에서나 맛볼 수 있는 보석의 방에서 근사한 밤을 보내고 아침에 일어나 천사에게 감사하다는 인사를 한다. 천사는 자신에게 감사할 것이 아니라 원죄 없는 잉태자로 태어나게 해주신 아빠, 엄마에게 감사하라고 한다.

세담이 다른 곳에도 이런 곳이 있느냐고 묻자 천사는 이곳과 똑같은 곳은 없다고 하면서 이곳만이 원죄 없는 잉태자의 별이어서 육신으로 살다가 영혼으로도 12분 내지 24분을 살 수 있는 곳이라고 알려준다. 또 이곳에만 이글아이가 있는데 그

까닭은 여기 몇 군데 더 보고 나면 자연스럽게 알게 될 것이라며 어서 가자고 한다.

세담은 이글아이를 타고 서둘러 다음 행선지로 향한다. 한참을 가다 밖을 보니 하얀 눈벌판이 펼쳐져 있고 그 벌판을 지나자 아담한 골짜기가 나오는데 눈으로 덮여있다. 나무에도 눈꽃이 만발했고 지붕에도 눈이 소복이 쌓여 아름다운 동화의 나라를 보는 것 같다. 그 아름다운 골짜기 가운데에 공연장이 보인다.

천사는 세담을 데리고 그리로 들어간다. 실내스케이트장 같은 그 공간에서 남녀가 어울려 춤을 추고 있다. 샹송 '파리의 하늘밑에' 곡이 은은히 흐르는 가운데 춤추는 남녀의 모습이 너무나 매혹적이다. 그들을 바라보며 시은을 생각하고 있는 세담에게 천사가 한 번 춰보라고 권한다. 세담이 춤을 못 춘다고 하자 천사는 무슨 춤을 추고 싶으냐고 물었다. 세담이 지구에 있을 때 차이코프스키 백조의 호수 발레를 좋아했다고 하자 천사는 그럼 춰보라며 자기가 파트너가 되어 주겠다고 선뜻 나선다. 세담은 천사와 춤을 추기 시작한다.

백조의 호수 음악이 흐르는 가운데 춤을 추자 신기하게도 발레리나가 추는 춤 같이 자연스럽게 몸이 움직인다. 세담은 춤을 추면서도 온통 시은이 생각뿐이다. 잠시 후 천사가 갈 시간이라고 하자 세담은 시은이가 더욱 보고 싶다.

천사는 세담을 바다 건너 아늑한 섬으로 데려갔다. 그 섬은 이탈리아의 베니스 같은 섬이다. 사통팔달 작은 운하로 돼 있고 교통수단은 곤돌라다. 그 곤돌라를 타고 이동하는 세담은 영화에서 본 곤돌라의 뱃사공이 부르던 노래가 떠오른다. 세담이 뱃사공에게 노래를 불러보라고 하자 노를 저으며 스스럼없이 오 솔레 미오를 열창한다. 세담도 따라 부른다.

노래를 부르고 난 뱃사공은 당신은 처음 보는 분인데 어디서 왔느냐고 물었다. 세담이 지구라는 별에서 왔다고 하자 이곳이 어떠냐고 해서 천국 같다고 하자 뱃사공은 정말 그런 곳이니 멋진 여행이 되길 바란다고 하면서 곤돌라 노를 한참 젓더니 숲이 우거진 요술 나라 건물 같은 집 앞에 세담을 내려놓는다.

그 건물 안으로 들어가자 외관이 큰 꽃나무들로 둘러 싸여 있고, 꽃들에서는 라벤더 향이 은은히 풍긴다. 홀 안에는 커다란 무대장치가 갖추어져 있고 공연을 관람할 수 있는 좌석도 놓여있다. 좌석 앞 탁자에는 다양한 꽃들이 바구니에 담겨있다.

세담을 좌석에 앉힌 천사가 밖으로 나간 후 테너 가수들이 무대에 나타나 가곡을 부른다. 가수의 노래가 끝나자 사회자가 다음은 지구라는 별에서 온 테너가 노래를 부른다고 소개한다. 눈이 휘둥그레진 세담은 앞을 뚫어져라 바라본다. 그때 긴 머리를 늘어뜨리고 헐렁한 흰 와이셔츠에 빨강 바지를 입은 상호가 무대 위에 서더니 가고파를 열창한다.

> 네—고향 남쪽바다—그 파란 물 눈에 보이네
> 꿈엔들—잊으리오 그 잔잔한 고향바다—

세담은 가고파를 들으니 새삼 엄마 생각에 저도 모르게 눈물이 주르르 흐른다. 상호의 노래가 끝나고 사회자가 다음은 지구에서 온 세담 학생을 위해 들려드리는 노래라고 소개하자 어린이 합창단이 나와서 '난 꿈이 있어요'를 부른다. 노래를 듣던 세담이 울컥 울음을 터뜨린다. 그 노래는 학교 선배들의 졸업식에서 부른 '거위의 꿈'인데 막상 여기서 들으니 너무 슬프다. 세담은 '나는 꿈이 있어요'가 아니라 '슬픔이 있어요'가 되어버렸다는 생각에 눈물이 그칠 줄 모른다.

슬픔에 젖어있는 세담 앞에 나타난 상호는 여기가 좋으냐고 물었다. 세담이 좋다고 하자 상호는 그럼 여기서 같이 있자고 한다. 세담이 이곳에서 같이 있을지는 두고 봐야 한다고 하자 상호는 그러지 말고 여기서 둘이 함께 있자며 계속 조른다. 세담이 이곳을 다 돌아보고 결정할 것이라고 하자 상호는 혹시라도 이곳에 있고 싶으면 언제라도 오라며 못내 아쉬워하는 눈치다. 세담은 상호의 손을 잡으며 위로한다.

"상호야 네 심정 다 알아. 하지만 너두 알다시피 나는 그림이 있는 곳으로 가야 하니 네가 이해해라. 가끔씩 이렇게 만나자."

"알았어. 잘 가!"

상호가 손을 흔들며 눈시울을 붉힌다. 세담은 상호를 두고 헤어지려니 걸음이 떨어지지 않는다.

상호를 만나고 나자 세담은 한층 더 쓸쓸하고 허전하다. 시은이가 옆에 있으면 얼마나 좋을까? 시은은 어떻게 지낼까? 생각하고 있는데 천사가 어서 이글아이를 타라고 한다.

시詩의 골짜기

세담이 안내천사와 함께 이글아이를 타고 간 곳은 모든 것이 성스럽게 꾸며진 골짜기다. 골짜기에는 나지막하게 구름이 끼었고 그 아래로는 시냇물이 졸졸 흐른다. 그 시냇물 위쪽 바위에서 어떤 노인이 시를 읊고 있다. 자세히 보니 다름 아닌 천상병 시인이다. 그는 바위 위에서 자신의 유명한 시 '새'를 읊고 있다.

새

외롭게 살다 외롭게 죽을

내 영혼의 빈터에
새날이 와 새가 울고 꽃잎 필 때는
내가 죽는 날
그 다음날
산다는 것과
아름다운 것과
사랑한다는 것과의 노래가
한창인 때에
나는 도랑과 나뭇가지에 앉은
한 마리 새
정감에 그득한 계절
슬픔과 기쁨의 주일
알고 모르고 잊고 하는 사이에
새여 너는
목청을 뽑아라
살아서
좋은 일도 있었다고
나쁜 일도 있었다고
그렇게 우는 한 마리 새

새를 읊고 나더니 그 유명한 귀천을 계속 읊는다.

귀천歸天

나 하늘로 돌아가리라.
새벽빛 와 닿으면 스러지는
이슬 더불어 손에 손을 잡고,
나 하늘로 돌아가리라.
노을빛 함께 단둘이서
기슭에서 놀다가 구름 손짓하면은,
나 하늘로 돌아가리라.
아름다운 이 세상 소풍 끝내는 날.
가서, 아름다웠더라고 말하리라…….

천상병 시인의 시를 들은 세담의 입에서 자기도 모르게 자작 시가 흘러나온다.

나 어느 날
신의 아들이라고 얼굴을 감춘
파렴치들의 장난으로
꽃도 펴보지도 못하고 이곳으로 왔네.
나 영혼 되어 엄마 찾아
떠다니는 한 마리 새
원죄 없는 잉태자로 났으니
나 언제고 엄마 곁으로 가리.
나 영파워 XQ 별로 와보니

여기가 천국인가
나, 반 생체 반 영혼 되어
떠다니는 한 마리 새.
나, 반인 반 영혼 되어 지구로 가는 날
엄마에게 말하리라
천사들과 잘 있다고
빨리 보고 싶은 우리 엄마.

그렇게 혼자 중얼거리던 세담은 시은이 자신의 시에 화답하는 상상을 한다.

세담이와 수학여행 가던 나
자기들만 살려고 아우성인 어른들
희생정신으로 무장한 동화 속에나 있는 세담
그로 인해 이승에 있는 나
나도 너 보고 싶어 하늘나라로 가련다
엄마 아빠보다도 더 보고 싶은 너
사랑을 택한 나. 어찌 너를 잊으리

세담은 속으로 자작시를 중얼거리며 안내천사를 물끄러미 바라본다. 그런 세담을 보며 천사는 시의 골짜기를 다 봤느냐고 물었다. 세담은 이곳이 시의 골짜기냐고 묻자 천사는 시의

낙원이라고 하며 다음은 문학의 골짜기로 가자고 한다.

천사의 안내로 세담은 꽃나무가 우거져 있고 군데군데 방갈로 비슷한 원두막이 보이는 문학의 골짜기로 간다. 그곳에는 책을 읽는 사람이 있는가 하면 글을 쓰는 사람도 있다. 나무에서는 각각의 꽃향기를 내뿜고 하늘은 맑다. 그런 곳에서 글을 쓰는 사람을 보니 신선 같다는 생각이 든다. 작가들은 한참 동안 글을 쓰다 밖에 나가 쉬면서 꽃 향기를 맡는다. 세담은 여기가 작가들의 천국이구나 싶으면서 문학도였던 수영이 생각나서 두리번거리자 천사가 물었다.

"학생 무엇을 찾아요?"

"예, 친구 수영이 생각이 나서요"

"오오, 그래요."

안내천사의 말이 미처 끝나기도 전에 수영이 세담의 앞에 나타났다. 둘은 반가워 그동안의 일을 이야기하다가 세담이 수영에게 물었다.

"수영아, 너 무엇을 쓰고 있는 것 같던데?"

"응, 우리들의 이야기를 쓰고 있는 중이야."

"우리들의 이야기? 그래? 제목은?"

"슬픈 꽃비."

"슬픈 꽃비? 제목이 가슴을 아프게 하지만 좋다. 언제 탈고

할거야?"

"탈고하려면 5개월 정도는 걸릴 거야."

"수영아, 좋은 작품을 쓰도록 해. 꼭 읽어볼게. 아쉽지만 난 그만 가야 해. "

"세담아, 잠깐만. 내가 그동안 자료 수집하느라 UFO 본부까지 갔었는데 어쩌면 우리들이 멀잖아 지구에 갔다 올 수 있을지도 몰라."

"지구에? 어떻게?"

"그건, 네가 본부에 가서 물어보면 알게 될 거야."

"그래? 그럼 빨리 이글아이 본부로 가봐야 되겠다."

수영과 헤어진 세담이 급히 이글아이 본부로 가고 싶다고 하자 안내천사가 웃으며 그렇게 급하냐고 물었다.

그때 문주미 선생과 이보수 역사 선생이 나타난다. 세담이 두 분 선생님도 이글아이 본부로 가시느냐고 하자 그들은 동물의 성에 간다며 세담이도 함께 갔다가 본부로 가자고 한다. 세담은 천사에게 그래도 되느냐고 묻자 빨리 다녀오라고 한다.

동물의 성

동물의 성 입구의 현판 위에는 동물의 천국이라고 쓰여 있다. 문 안으로 들어서자 작은 공원이 나오고 그곳을 지나자 울타리가 나온다. 울타리 옆 가운데로는 2미터 쯤 떠있는 나무길이 있다.

두 선생님과 세담은 그 길을 걸으며 주위를 둘러본다. 끝없이 넓은 초원에 군데군데 큰 나무들이 서있다. 넓은 초원의 한쪽에는 얼룩말, 사슴, 기린이 또 다른 한쪽에서는 양떼가 한가로이 풀을 뜯고 있다. 목가적인 풍경에 매료된 일행은 천천히 걷는다. 그러자 안내천사가 답답한 듯 조금 빨리 가자고 한다.

세담 일행이 드넓은 벌판에 다다르자 사자, 하이에나, 타조, 들개들이 뛰어놀고 하늘에는 독수리가 빙빙 돌고 있다. 세담이 천사에게 저 동물들은 뭘 먹고 사느냐고 하자 밤에 호수에 있는 하마나 악어 또는 물소를 잡아먹는다고 한다.

그때 발밑을 유심히 살펴보던 문주미 선생이 타조 똥에서 뭔가를 주워 천사에게 보여주며 물었다.

"이게 뭐예요? 너무 반짝거려 주웠는데?"

자세히 들여다보던 안내천사가 크게 놀라는 표정이다.

"어머, 횡재를 하셨네요."

"횡재를 하다니요?"

"이 보석은 어느 별에도 없는 이곳에만 있는 영혼의 보석이에요."

"영혼의 보석이요?"

"예, 이것은 목걸이인데 이것을 목에 걸고 지구에 가면 그곳 사람들 눈에 24분은 보이질 않아요. 뿐만 아니라 상대방 영혼까지 들여다 볼 수 있는 보석이에요. 그러니까 횡재하셨다는 것이지요. 이런 보석은 영파워 XQ 위성에서도 로얄패밀리나 가질 수 있는 보석입니다."

"그럼, 그렇게 비싸다는 것이에요?"

"값이 문제가 아닙니다. 상대방 영혼 속을 들여다 볼 수 있는 보석이라 이곳에서도 특권층이나 소지한다는 뜻이에요."

"그럼, 아무나 가지면 안 된다는 것이네요?"

"아니에요. 여기서는 무엇이든지 잃어버리면 그 사람 책임이고 주운 사람이 임자입니다. 특히 타조 배설물에서 나왔으니 선생님이 가질 권리가 있어요."

"그런데 왜 타조 배설물에 섞여 있었을까요?"

"목걸이 주인이 구경을 다니다가 잃어버린 것을 타조가 삼켰을 수도 있고, 그렇지 않으면 잃어버렸을 수도 있겠지요."

그때 옆에서 아무 말 없이 생각에 잠겨있던 이보수 역사 선생이 문주미 선생을 한쪽으로 부른다.

"문 선생님. 그 보석 저 주실 수 없어요?"

문주미 선생은 놀라며 반문한다.

"네에? 이것을 갖고 싶으시다고요?"

"예, 당연히 선생님이 가지는 게 맞지만 혹시 지구에 가서 한국에 갈 기회가 생긴다면 여왕을 만나 진도 앞바다에서 참사가 나던 그때 행방이 묘연했던 다섯 시간 동안 어디서 무엇을 했는지 마음속을 들여다보고 싶어서입니다."

역사 선생의 말을 듣고 생각에 잠겼던 문주미 선생은 흔쾌히 대답한다.

"그러시다면 가지고 가셔야지요. 여왕을 만나 우리들이 왜 여기로 오게 되었는지를 밝힌다면 유가족들의 속이 얼마나 후련하겠습니까? 드릴게요."

"문 선생님 고맙습니다. 무슨 일이 있어도 여왕을 만나 그날의 상황을 알아내 진실을 밝히도록 하겠습니다."

안내천사를 따라 목장으로 들어선 일행은 젖소, 양, 염소들이 되새김질하고 새끼들이 젖을 빨고 있는 모습을 보며 가족들 생각에 잠긴다. 특히 문주미 선생은 '엄마가 얼마나 애통해 하실까? 내가 엄마 말을 들었으면 엄마는 덜 외로울 텐데. 내가 불효자식인가? 아니야 제자들을 그냥 놔두고 혼자 살아남았다면 오히려 죽느니만 못했을 거야'라는 생각에 만감이 교차한다. 일행은 동물 농장을 한 바퀴 돌고 다시 이글아이를 타고 몇 개의 고개와 골짜기를 지나 광야에 도착한다.

광야는 초입부터가 범상치 않다. 조그만 공장들이 큰 꽃나무 밑에 다닥다닥 붙어있고 기계소리가 요란하다. 세담이 천사에게 이곳은 지구의 공업지대와 비슷하다고 하자 그렇다고 한다. 공단에 들어서자 입구부터 공단 소속의 천사가 안내를 맡는다.

공단천사는 옷부터가 다르다. 여기까지 안내한 천사는 하늘하늘한 망사 옷을 걸쳤는데 이곳 천사는 잿빛 제복을 입고 제모차림이다. 세담 일행을 소형 이글아이에 태운 안내천사는 단

몇 초 만에 본부라는 곳에 내려놓는다.

그곳에서 밖을 보니 나무들이 특이하다. 높이가 오십 미터는 될 것 같고 위는 꽃이 만발해 멀리서 보면 꽃의 벌판을 보는 것 같다. 그래서 그런지 공단 공기가 쾌적하다. 나무들 사이로는 드문드문 라벤더 숲이 있어 그 향이 코끝을 간지럽혀 기분이 상쾌하다.

안내천사는 세담 일행에게 그만 안으로 들어가자고 한다. 안으로 들어가자 잿빛 제복에 제모를 쓰고 회색 눈빛이 날카롭게 반짝이는 키가 훌쩍 큰 남자가 서있다. 주위를 둘러보던 남자가 안내천사에게 물었다.

"저 분들은 처음 보는 분들인데 누구인가?"

"예, 본부장님. 지구라는 위성에서 온 분들입니다."

안내천사의 대답에 본부장은 세담을 보고 물었다.

"지구는 어떤 별입니까?"

잠깐 생각에 잠기던 세담이 지구는 한마디로 아비규환의 별이라고 대답하면서 부연 설명을 한다.

"지구위성에는 백 개가 넘는 나라가 있습니다. 그중에 미국이란 나라가 제일 강한 나라입니다. 강한 나라란 핵폭탄을 많이 가진 나라이고 돈이 정의인 나라입니다. 우리 대한민국 대부분의 기업들이 그들 기업들을 본받아 돈이면 생명까지 무시해 버리는 정신으로 무장되어 있습니다. 그러다보니 정의는 땅에 떨어지고 불의가 사회를 지배하게 되어 나만 잘 살면 된다는 정신이 팽배해 우리 같은 어린 생명들이 여기 영파워 XQ 별까지 오게 되었습니다."

"학생은 여기 영파워 XQ 별로 온 것을 후회합니까?"

"후회는 않지만 우리 엄마가 자식을 잃었으니 어찌 슬프지 않겠습니까? 그게 걱정입니다."

"그렇습니까? 그럼 우리가 멀잖아 지구태양계에 갈 기회가 되면 그때에 같이 가서 어머님을 위로하십시오."

"본부장님, 그렇게만 해주신다면 그 은혜를 잊지 않겠습니다."

"은혜랄게 있습니까? 그렇찮아도 우리 영파워 XQ 위성 수뇌부도 지구에 가려던 참이었습니다."

"무슨 특별한 이유라도 있습니까?"

"그동안 우리는 신의 영역인 핵을 개발해 스스로 멸망하려고 하는 지구를 응징하려 했으나 태양계 하늘나라 황제의 만류로 지금까지 참았는데 이제는 안됩니다. 저들을 방치하면 지구뿐 아니라 우리 영파워 XQ 위성까지 오염시킬 것이 분명합니다."

"무엇으로 오염시킨다는 것입니까?"

본부장은 어이없다는 표정으로 세담을 힐끔 바라본다.

"학생은 저들이 위성을 쏘아 올려 제멋대로 이름 붙인 케플러-186f 사건을 알면서 무엇으로 오염시킨다고 묻는 것이오? 지구에서 쏜 위성이 우리 태양계로 들어와 영파워 XQ 위성을 탐색하고 갔는데 전염병이 안 퍼진다고 장담할 수 있어요? 당신이 살다온 지구는 그동안 문명국이란 것들이 저지른 온갖 병폐로 오염되어 병균이 들끓는 위성이 되었소. 그래서 새로운 개척지를 찾아보려고 많은 위성을 쏘아 올리고 있잖소."

"본부장님, 미안합니다. 저는 그런 것도 모르고……"

"아니오, 학생이 뭘 알겠소. 하여간 언제 지구에 갈지 모르니 여기서 소형 이글아이에서 뛰어 내리는 점프 연습이나 열심히 하시오."

그때부터 세담 일행은 이글아이 본부에서 시간을 보내며 지구에 갈 때를 대비해 이글아이 승선 연습과 내리는 연습을 시작했다. 처음에는 소형 이글아이를 타고 가까운 별을 다녀보고, 조금 지나 중형 이글아이를 타고 영파워 XQ 태양계를 지나 지구태양계의 변방까지 갔다 오는 훈련이었다.

세담이 지구태양계까지 가면 안산의 단오고 영혼을 만날 수 있느냐고 묻자 천사는 영혼이 되어 만날 수는 있다고 한다. 중형 모선이 지구태양계와 영파워 XQ 태양계 중간인 지구태양계 변두리에 도착하면 그때 친구들도 만날 수 있다는 것이다.

얼마 후 드디어 중형 모선에 탄 세담은 태양계 변두리에 도착해서 뜻밖에도 단오고 친구인 병관을 만났다. 세담이 너무 반가워 그동안 어떻게 지냈느냐고 묻자 병관은 짝사랑하던 여학생에게 고3이 되면 사랑을 고백하려고 했는데 느닷없이 이곳으로 온 게 억울해 황제께 집에 한 번만 다녀오게 해 달라고 탄원을 했다고 한다. 그랬더니 황제께서 병관의 사랑보다는 병관의 어머니가 너무 불쌍해 잠깐 집에 갔다 오라고 허락해서 다녀왔다고 한다. 세담은 병관이 덕분에 세월호 참사로 자식을 잃은 유족들이 지내는 모습을 간접적으로나마 들어볼 수 있었다.

병관 엄마는 병관이 차가운 바닷속에 수장되고 나서 곡기를 끊고 밤이면 길거리를 헤매며 넋두리를 했다. 우리 병관이가 저승이라니 안 돼, 안 돼, 병관아! 어서 돌아오라고 울부짖으며 매일 밤 쏘다녔다. 그런 모습을 본 동네 사람들은 혀를 차며 병관 엄마가 불쌍해 어찌냐며 안타까워들 했지만 뾰족한 방법이 없었다.

병관 엄마가 계속 그러자 병관이 이모가 아무래도 동생이 정신을 놔서 저렇다며 오래 두면 정신병자가 될 성 싶으니 '진오기 굿'(죽은 혼이 좋은 곳으로 가라고 하는 굿)이라도 해야 나을 수 있을 것 같다고 하자, 병관 아버지는 처형! 사람이 달나라에 가는 세상에 굿이라니요? 하고 펄쩍 뛰었다. 너무나 완강한 모습에 기가 꺾인 병관이 이모는 집으로 돌아갔지만 동생 걱정에 견딜 수 없어 며칠 있다 다시 와 보니 전혀 차도가 없다. 차도는커녕 더 심한 것 같아 병관 아버지에게 재차 진오기 굿을 하라고 재촉했다.

병관 아버지는 그럴 수 없다고 펄쩍 뛰면서 병관 엄마를 병원으로 데리고 갔지만 의사는 정신적 충격이 너무 커 그런 것이니 차차 나아질 것이라는 말만 되풀이 할 뿐이다. 병관 이모는 병원에서 고칠 병이 아니니 다시 생각해 보라고 병관 아버지를 재차 타이르고 돌아갔다. 병관 아버지는 처형이 돌아간 뒤 대명천지에 무슨 귀신이 있단 말인가 하면서도 점점 심해지는 병관 엄마의 행동에 고심을 하다가 처형의 제안을 받아들여 굿 준비를 부탁했다.

병관 이모는 친구가 아는 만신(무당)에게 굿을 하기로 하고 날짜를 잡았다. 그런데 날을 잡은 후로 병관 엄마가 대문 밖으로 뛰쳐나가는 횟수가 적어졌다. 그 사실을 병관 아버지로 부터 전해 들은 병관 이모는 '그래, 귀신이 있는 거야. 너무나 억울하게 죽은 영혼은 온전히 하늘나라로 못가고 구천을 떠돈다고 하더니 병관이가 지금 구천을 떠돌고 있는 거야. 그러니까 굿 날짜만 잡았는데도 동생이 밤중에 덜 나가지'하고 확신에 차서 굿을 서둘렀다.

진오기 굿

굿 하는 날 새벽, 병관의 어머니와 아버지를 비롯한 일행은 굿에 필요한 음식과 물건, 풍물까지 미니버스에 싣고 떠나 진도에 도착하니 오전 열 시가 다 되었다. 거기서 미리 예약한 배에 물건들을 옮겨 싣고 배에 올랐다. 일행이 탄 배가 팽목항을 떠나 바다 가운데로 나아가자 잔잔하던 바다에 파도가 넘실거린다.

뱃전에 앉아 넘실거리는 바닷물 속을 들여다보는 병관 엄마의 눈에 엄마! 나 억울해! 억울해! 하며 울부짖는 아들이 보인다. 병관 엄마는 순간 헛것을 보았나 싶었지만 틀림없는 병관의 목소리이다. 병관이가 저 깊은 바닷물 속에서 얼마나 무서울까 싶은 병관 엄마는 '병관아 네 마음 다 안다. 나도 당장 네 곁으로 가고 싶어!' 하며 하염없이 눈물을 흘린다.

"저 차갑고 깊은 바닷속에 우리 병관이가 있다니. 불쌍한 병관이가……"

자꾸 흘러내리는 눈물 때문에 흐릿하게 보이는 바다 위에 병관이 또 나타나서 '엄마, 엄마, 나 슬기를 잊고 그냥은 저승 못가!' 하는 게 흐릿하게 보인다. 그런 아들의 모습에 깜짝 놀란 병관 엄마는 '그래, 네가 슬기 좋아하는 것 내가 다 안다. 그래서 슬기의 혼이라도 잠시 보낼 테니 이승의 모든 것을 잊고 편히 하늘나라로 가!'라고 중얼거리는데 무당이 굿 준비를 시킨다.

바다에는 아직도 시신을 인양하지 못한 학생들 때문에 크고 작은 배들이 부산하게 움직이고, 한쪽에 떠있는 대형 크레인이 마치 저승사자 같아 보인다. 무당일행이 탄 배는 바다에 닻을 내리고 진오기 굿을 시작한다.

주상물림부터 시작해서 부정, 가망, 청배, 넋 건지기, 별상, 신장, 조상(영실), 창부, 대감, 뜬대감, 사재삼성, 말미, 도령의 순서대로 굿을 한다. 굿을 하던 무당이 갑자기 병관이 넋이 왔다며 넋두리를 시작한다.

"엄마! 엄마 불쌍한 우리 엄마. 엄마를 두고 내 어찌 하늘나라로 간단 말이요? 대학 졸업하고 슬기와 결혼해서 엄마 아빠 해외여행 보내드리고 행복하게 살려고 했는데 별안간 왜 하늘나라로 가야 된단 말이요. 엄마! 나 너무 억울해, 억울해."

병관 혼이 깃든 무당의 넋두리에 병관 엄마가 울면서 화답을 한다.

"병관아! 병관아! 우리 걱정 말고 이제 하늘나라로 가서 편히 쉬어라."

다시 무당이 넋두리를 한다.

"엄마! 나는 못 가! 엄마를 두고 어떻게 하늘나라로 가! 나 못 가! 나는 엄마와 슬기하고 헤어져 하늘나라 못 가!"

병관 엄마가 또 화답한다.

"그래, 엄마가 너의 억울한 혼을 달래주려고 슬기를 데려왔으니 슬기와 같이 하늘나라로 가! 알았지!"

병관 엄마는 미리 준비해 간 곱게 단장한 조그만 허수아비 인형을 무당에게 준다. 그러자 무당이 인형을 바다에 던지며 넋두리를 한다.

"불쌍타 불쌍해. 우리 병관이 짝사랑한 슬기도 못 보게 되고 구천을 떠돌게 되다니. 네 첫사랑 슬기도 함께 보내줄 테니 구천을 떠돌지 말고 하늘나라로 가 편히 쉬어라!"

무당은 굿거리장단에 맞춰서 덩실 덩실 춤을 춘다.

"안당에 외법인지 시왕연금 하직 없는 길을 가 삼문에 걸리어 우누니 눈물이고 지는 이 한숨이니 삼단에 법신 받고 본향에 물구 받아 불사에 청룡찌게 벗고, 만조상에 원근찌게 벗으시고 왕생 극락극락 승아 제천 하시어 만제님을 천도하고 산이는 성불 하시마 망자가 죽어서 하직 없는 길을 가소서."

그렇게 넋두리를 하던 무당이 별안간 소리를 높여

"네 대감이 내 대감이냐? 내 대감이 네 대감이냐?"

하며 망자가 하늘나라로 가지 못하고 삼문에 걸려 울고 있고나 하고 넋두리를 한다. 넋을 달래는 춤을 춘 무당은 넋전을 놓게 하더니 넋을 가시 문으로 넘겨 가시가 밖으로 향해 넘어지자 망자가 하늘나라로 갔다며 잠깐 쉬자고 한다.

쉬고 난 무당은 망자가 한이 너무 많아 불쌍하니 준비한 것을 가져오라고 한다. 병관 엄마는 곱게 단장한 신랑각시 허수아비를 무당에게 준다. 무당은 그것을 바다에 던지고 굿거리장단에 맞추어 세 마당을 놀고 베가르기와 상식을 올리고 굿을 마친다. 자리걷이를 하고야 제 정신으로 돌아온 병관 엄마를 본 병관 아버지는 정말 영혼의 세계가 있는 거야? 하는 의문에 내심 놀라움이 컸다.

엄마를 만나고 하늘나라로 돌아온 병관에게 황제가 이제는 이승의 모든 것을 잊을 수 있겠느냐고 물었다. 병관은 모두 잊겠다고 했지만 슬기 생각에 자꾸 가슴이 미어졌다는 것이다. 거기까지 이야기 한 병관이 세담을 보며 눈시울을 적신다.

세담이 정말 슬기를 잊을 수 있겠냐고 묻자 병관은 눈물만 뚝뚝 흘린다.

"그래, 쉽게 잊을 수 있겠냐? 나도 시은을 못 잊어 너무 괴로워. 하지만 현실을 받아들여야지 어쩌겠니?"

세담이 병관을 위로하며 같이 눈물을 흘린다. 한참을 흐느끼던 병관이 눈물을 닦으며 세담에게 물었다.

"세담아. 너는 태양계가 아닌 별로 갔다면서 어떻게 여길 왔어?"

세담은 태양계를 벗어나 외계로 갔는데 그곳의 교통수단이 UFO라고 말해준다.

"뭐? UFO?"

"그래, 내가 지금 타고 온 것이 UFO인데 우리 위성에서는 UFO를 이글아이라고 해! 내가 타고 온 것은 중형 이글아이인데 큰 모선이 만들어지면 그것을 타고 지구까지 가게 될 것 같아."

"세담아 그럼 우리 집에도 들러 우리 엄마에게 나 잘 있다고 전해줘라!"

"그래, 지구에 가면 그렇게 할게. 이제 시간이 다 되어 가봐야 돼. 우리 또 만나자!"

이글아이 모선

태양계 하늘나라 여행을 마치고 중형 이글아이를 타고 다시 영파워 XQ 위성으로 돌아오면서 세담은 자꾸 눈시울이 뜨거워진다. 병관 엄마가 얼마나 애통했으면 오밤중에 대문 밖으로 나가 병관을 찾았겠는가? 병관 엄마는 딸도 있고 남편도 있는데도 혼이 나가 그렇게 방황을 했다는데 그럼 우리 엄마는 어떻게 살까? 싶은 생각에 또 눈시울이 붉어진다. 빨리 지구로 가서 엄마를 위로해야 한다는 생각이 간절하다.

다음날 중형 이글아이를 탔더니 영파워 XQ 위성 반대쪽으로 가는 것 같다. 그러더니 큰 호수위에서 한참 떠있다가 또 어디론가 가서 갑자기 아래로 물을 퍼붓는다. 무슨 일인가 싶어 밑을 내려다보던 세담은 깜짝 놀란다. 하늘에서 쏟아진 갑작스러운 물세례에 군인들이 개미떼 떠내려가듯 휩쓸려간다. 세담은 왜 저곳에 물을 퍼붓느냐고 하자 안내천사가 전쟁을 미연에 방지하는 것이라고 한다.

영파워 태양계에도 간혹 부족간에 전쟁을 하는데 그때마다 태양계 힘의 총 본산인 영파워 XQ 위성 본부에서 예방 차원으로 물로 경종을 울린다는 것이다. 부족 간에 갈등이 생겨 전쟁을 하면 군을 출동시키는데 어느 쪽이든 먼저 시비를 건 쪽에다가 물세례를 퍼부어 전의를 상실해 다시는 전쟁을 못하게 한다는 것이다.

세담이 이런 전쟁이 자주 일어나느냐고 묻자 십 년에 한번 꼴로 일어난다는 것이다. 전쟁 진압장면을 본 후에도 세담은 계속 이글아이를 타고 이곳저곳을 돌아본다. 그렇게 견학 겸 훈련을 하다가 마침내 모선 이글아이 조립 공단을 보게 되었다. 경기도 반만 한 넓은 공간에 공장이 드문드문 서있다. 공장과 공장 사이에는 드넓은 녹지가 물결을 이루어 공원 속의 공장 같다.

그 공장 가운데 한 곳에 들어가니 공장이 아니라 연구소 같은 분위기다. 부품 하나를 만드는데 연구실이 하나씩 배정되어 최고의 부품을 만들 수 있다는 것이다. 그렇게 만들어진 부품이 실험실에서 결함 유무의 실험을 거쳐야 완전한 부품으로 인정되어 이글아이 조립 동으로 옮겨지게 된다는 것이다. 그동안 소형 이글아이는 1년에 백 대, 중형은 3년에 한 대씩 만들어 영파워 태양계를 다스렸으나, 이곳까지 위성을 쏘아 올리는 지구 태양계를 제압하기 위해 어쩔 수 없이 모선을 만들기 시작했는데 보름 후면 완성된다는 것이다. 눈이 휘둥그레진 세담이 그럼 그때 지구에 갈 수 있느냐고 묻자 안내천사는 그렇다고 한다.

"그럼, 지구에 가서 영혼이 아닌 인간으로 몇 시간 있게 됩니까?

"영파워 XQ에서 간 영혼들은 생체 12분, 영혼 12분으로 있게 됩니다."

세담은 충분치는 않지만 엄마를 만나 인사를 나눌 시간은 될 것이라는 안내천사의 말을 듣고 마음이 설렌다. '언제고 엄마를 볼 수 있다. 영혼으로 보는 것은 쉽지만 사람이 되어 본다는 것이 믿기질 않는다. 지구에서는 상상도 할 수 없는 일이 현실이 되는 영파워 XQ 위성이다. 이런 능력이면 환상이 아닌 실재적인 우주의 힘을 가지고 지구의 못된 것들을 응징하고 바른 길을 밝힐 수 있을 것이다. 배가 기울기 시작한지 한 시간 반이 지나도록 구조는커녕 저희들만 빠져나간 그들을 응징해야 돼. 그래야 남은 사람들도 편한 세상을 살아갈 수 있어?' 그런 생각에 세담의 얼굴이 비장해지면서도 한편으로는 웃음꽃이 핀다. 그런 세담의 얼굴을 본 안내천사가 웃으며 물었다.

"학생 그렇게 좋아요?"

"좋고말고요. 영혼이 아닌 생체 인간으로 엄마를 본다는데."

"그래요, 부모님 잘 만나 영파워 XQ 위성으로 오셨으니 더욱 고맙게 생각해야 합니다."

"네. 큰 이글아이가 완성되는 날 지구에 가서 엄마를 볼 것이며, 또 나쁜 인간들을 응징해서 우리 같은 피해자가 다시는 나오게 않게 해야 합니다."

세담은 지구에 가서 엄마와 시은을 생체로 만날 것을 생각하자 별안간 몸이 붕붕 떠다니는 기분이다. 그런 생각에 젖어 한껏 흥분되어 있는데 하선하라는 방송이 나온다. 세담은 중형 이글아이에서 내려 본부로 들어간다.

큰 이글아이가 완성될 날이 얼마 남지 않자 본부에서는 세담 일행을 집중적으로 훈련시킬 훈련 프로그램에 따라 지구와 비슷한 장소에서 소형 이글아이 운전 교육을 시작했다. 지구에 갔을 때를 대비한 것이었다. 이글아이는 지구에서처럼 손과 발로 운전을 하는 것이 아니라 저장해 놓은 프로그램을 눈빛으로 조종하는데 그 와중에 잘못해 생체로 돌아가면 큰 사고가 날 수도 있으니 각별히 조심하라고 당부한다.

영파워 XQ 고위층에서는 지구의 여러 나라들이 핵폭탄을 만들어 비축하고 장난감 같은 인공위성을 쏘아 올리는 철없는 짓을 하고 있어 모선이 완성되면 지구로 내려가 제일 센 망나니 집단을 응징할 계획을 확실히 수립하고 있다는 것이다. 물리학자들이 이론상으로만 다루어야 하는 핵을 살상용 폭탄으로 만들어 싸우는 저들을 미연에 방지하는 것이 영파워 XQ 위성의 임무라는 것이다. 경고를 하고 듣지 않으면 핵을 제일 많이 가진 집단부터 응징할 것이라고 한다. 그런 이야기를 들은 세담은 궁금해 안내천사에게 물었다.

"어디를, 어떻게 응징합니까?"

안내천사는 그것은 그때 가서 알게 될 것이니 훈련이나 열심히 받으라고 한다. 세담 일행은 소형 이글아이 계기판을 눈빛으로 조종해서 이착륙하는 훈련을 한다. 영상 화면 안의 계기판을 보고 하루는 사막, 하루는 들판, 하루는 정글, 하루는 빌딩 꼭대기로 돌아가며 이착륙 훈련을 하자 꽤 익숙해진 것 같다. 그렇게 단계적으로 훈련의 강도와 시간을 늘려나갔다.

세담은 빨리 지구로 가야한다는 생각에 마음이 조급하지만 이글아이 모선으로 이동해 다시 훈련을 받아야 한다. 큰 모선이 움직이려면 여러 파트로 나뉘어 운전을 하게 되는데 그중에 어느 파트를 맡을지는 시험 비행을 한 다음에 결정한다는 것이다. 천사의 안내로 세담은 우선 모선 견학부터 하게 되었다. 처음으로 간 곳이 조종실인데 정구장만한 크기의 조종실 벽에는 갖가지 계기판이 가득하다. 계기판을 판독하는 조종사들은 유별난 눈빛의 소유자 들인 것 같아서 세담이 천사에게 물었다.

"조종사들의 눈빛이 유별나게 빛나는 것 같아요?"

"예 맞아요. 저 조종사들의 눈 촉광은 인간 개조의 방에서 우리 일반 천사의 다섯 배 촉광으로 개조된 사람들이에요."

"무슨 이유라도 있습니까?"

"있다마다요. 이 모선의 계기판은 일반인의 촉광을 가지고는 움직이지 못하게 특수제작 된 것입니다. 그래서 조종사들은 일반인의 다섯 배 촉광으로 개조된 아주 강한 눈빛의 소유자들입니다."

"그렇군요? 저들 앞에 가서 봐도 되겠습니까?"

"물론입니다."

세담이 조종사들의 눈을 바라보는데 눈이 부시어 똑바로 볼 수가 없다. 지구에서 말하는 레이저 빛과 흡사한데 그것으로 계기판을 움직인다는 것이다.

다음으로 간 곳이 핵융합으로 이루어진 작은 태양이 있는 발전실이다. 평소에는 핵융합으로 만들어진 전기를 쓰고 비상시에만 수소로 만든 전기를 쓰는데, 핵융합 과정에 반드시 필요한 수소를 얻기 위해서는 많은 물이 필요하다는 것이다. 핵융합으로 생산한 전기를 통해 모선 안은 물론이고, 모선의 테두리 4킬로 밖까지 강력한 전류를 흘려보낼 수 있다는 것이다. 또 모선이 대기권을 지나 외기권으로 갈 때나 반대로 외기권에서 대기권으로 들어올 때는 수증기가 4킬로 밖까지 뿜어져 아무런 문제없이 대기권과 외기권을 드나들 수 있게 설계되었다는 것이다.

만약 모선이 적으로부터 공격을 받게 되면 모선 4킬로 밖에서 접근하는 모든 무기들이나 물체들이 순간적으로 타버려 접근할 수가 없다는 것이다. 지구에 갔을 때 혹시라도 그 무모한 망나니 집단이 사용할 수도 있는 핵이나 세균 무기 공격을 막기 위해 모선의 4킬로 앞에서 잿더미가 되도록 설계됐다는 것이다. 모선에 관해 구체적인 설명을 끝낸 안내천사는 세담 일행을 숲이 우거져 있고 옆으로는 아담한 정원이 꾸며져 있는 곳으로 데려갔다. 세담이 눈을 동그랗게 뜨고 안내천사에게 물었다.

"아니, 모선 안에 무슨 이런 시설이 있습니까?"

그 말에 안내천사가 빙그레 웃으며 대답한다.

"모선에 타는 사람이 만 명쯤 되는데 그들에게 꼭 필요한 곳이지요. 이곳은 핵융합체인 작은 태양이 있어 지구와 똑같이 수목들이 태양빛을 받아 탄소동화작용을 할 때 탄산가스는 들이마시고 산소를 내뿜어 모선 안의 공기를 정화하기 위해 만들어진 곳입니다."

"그럼 저쪽의 집들은 무엇입니까?"

"별장입니다."

별장을 둘러본 세담은 놀이공원으로 갔다. 놀이 공원에는 모든 것이 다 갖추어져 있다. 그중에서도 세담의 시선을 끈 것이 은하버스이다. 그것을 보자 은하철도 999의 배경음악이 떠오르면서 눈시울이 뜨거워진다. 세담은 슬픈 사연이 떠오르는 은하철도 999가 왜 여기에 있는지 궁금하다.

"천사님. 저 열차가 왜 여기에 있습니까?"

"지구에도 있어요?"

"예."

"저 열차는 지구에 있는 은하철도 999가 아닙니다."

"그럼 뭡니까?"

"저것은 은하버스 777입니다. 궁금하시면 한번 타 봐요."

세담이 은하버스 777을 타자 모선을 떠나 창공을 가로지르더니 곧 어느 별에 도착하는데 소인국이다. 안내천사는 이곳 소인국의 모든 동, 식물은 지구 동, 식물의 십분의 일만큼 작다고 알려준다. 신기해 두리번거리던 세담은 풀 뜯는 말을 보니 너무 앙증맞다. 모든 동, 식물이 작지만 그 가운데 유독 말이 신기하다. 소인국 사람들은 그 말을 타고 경마를 한다. 지구의 개만한 크기의 말을 탄 소인국 사람들이 트랙을 도는데 열기가 대단하다.

소인국 경마를 구경하고 천사를 따라가자 전쟁 마당이 나타난다. 꼬마병사들이 조그만 탱크를 타고 대포를 쏘며 지구에서와 똑같은 전쟁을 하고 있다. 하늘에는 비행기가 공중전을 하고 한편에서는 폭격기가 폭격을 하는 것이 지구의 재래식 전쟁을 보는 것과 흡사하다.

"천사님. 저것은 꼭 지구의 과거 전쟁을 보는 것 같아요."

"그래요. 저것은 지구의 과거 전쟁이고, 다른 곳으로 가면 지구의 현대전을 볼 수 있게 됩니다."

희망버스 777을 타고 간 현대전 전쟁 마당에는 병사가 없고 대신 지하벙커 모니터 앞에 앉은 병사가 컴퓨터로 전쟁을 하고 있다. 안내천사가 현장에서는 그만 보고 열차로 가서 화면으로 보자고 한다. 열차로 돌아온 세담은 화면을 통해 소인국의 핵전쟁을 본다. 쌍방 간에 핵을 쏘는 소인국은 결국 아무런 생명체도 살 수 없는 황무지가 된다. 안내천사가 소인국 전쟁을 보니 어땠느냐고 묻자 세담은 지구의 현대전을 보는 것 같아 마음이 아프다고 한다. 천사는 그래서 일부러 보여준 것이라고 하면서 덧붙인다.

"지구도 저대로 놔두면 지금 본 소인국 같이 핵으로 황폐화 될 것입니다. 앞으로 지구에서 전쟁은 없어져야 합니다."

"어떻게요?"

"그것은 우리 모선이 지구에서 하는 작전을 보면 알게 될 것입니다."

세담이 모선으로 돌아오자 안내천사는 체육시설을 보러 가자고 한다. 꽃길을 한참 걸어 운동마당이라고 쓴 간판 아래 문을 들어서자 각종 운동시설이 갖추어져 있다. 이곳에서는 누구나 자기에게 알맞은 운동을 할 수 있다고 한다. 크고 작은 체육관이 보이고 그 둘레에는 키가 큰 나무와 아름다운 꽃들로 둘러싸여 있는데 정원 일부가 골프장이다.

체육시설을 본 세담이 들른 곳은 예술마당인데 이곳에는 음악당, 미술관, 문학관이 있고 누구나 취미대로 즐길 수 있다고 알려준다. 그렇게 모선을 한 바퀴 돈 세담은 새삼스럽게 모선의 크기가 궁금해졌다.

"안내천사님. 이 모선은 넓이가 얼마나 되나요? 너무 큰 것 같아서요."

"모선이 완성되고 나면 축하연 때 선장님이 설명을 하시겠지만 내가 아는 지식으로는 아마 학생나라의 수도인 서울의 삼분의 일만한 크기일 겁니다."

"그렇게 말씀하시니 감이 잡히네요. 그러면 모선을 타고 지구로 가려면 얼마나 걸릴까요?"

"여기서 지구태양계까지 이십억 광년 거리니 빨리 가는 비행체라야 3년 걸리는데 이 모선은 빠르기가 빛의 두 배니까 30일은 걸릴 겁니다."

"30일요?"

"왜? 오래 걸리는 것 같아요?"

"예, 이곳 기술이면 사흘이면 갈수 있지 않을까 해서요?"

"학생! 빛의 두 배로 간다는 것은 이곳이 신의 땅 즉, 하루에 24분을 영혼으로 살아 갈 수 있고, 또 핵융합 기술로 만든 작은 태양 덕분에 한 달 만에 갈 수 있는 겁니다. 자세한 것은 개발이 완전히 끝나 학생들이 지구태양계로 갈 때 선장님께서 설명을 하실 겁니다. 내일은 시운전 하는 날이니 일찍 쉬어요."

안내천사가 시키는 대로 일찍 잠자리에 든 세담은 이튿날 아침 일찍 일어나 모선 운전실로 들어갔다.

운전실은 벌써부터 부산하다. 운전석 앞 계기가 가득한 벽에는 불이 켜져 있고 그 앞에 앉아 계기판을 바라보고 있는 운전요원들은 하나같이 긴장된 표정이다. 그때 천정의 마이크에서 파이브, 포, 쓰리, 투, 원, 제로 소리가 들리더니 이글아이 모선이 움직이기 시작한다.

살며시 솟아오른 모선은 몇 초가 지났을까 큰 호수 위의 천 피트 상공에 정지해 십 분쯤 취수하더니 삼만 피트 상공으로 떠올라 빛의 두 배 속도로 달린다. 계기판에 모든 운행 정보가 나타나 세담도 볼 수 있다. 아무래도 모선이 별을 한 바퀴 도는 것 같아 안내천사에게 물었다.

"천사님! 지금 어디를 갔다 온 것입니까?"

"이곳 영파워 XQ 태양계의 EX 별로 가는 것입니다. 우리 태양계에서도 영파워 XQ 위성의 감시를 피해 핵을 개발하려는 위성이 있어요. 그것을 방지하기 위해 지금까지는 중형 이글아이로 감시했는데 이제 모선이 완성되었으니 시운전도 할 겸 EX 별을 감시하러 가는 것입니다. 밖을 잘 보십시오."

세담은 이글아이 모선이 EX 별을 감시하는 모습을 모니터를 통해 지켜보고 있다. 모선 전투사령관의 명령이 떨어지자 모선에서 용의 머리 같은 것이 불쑥 튀어 나오더니 그곳에서 소형 이글아이가 나와 건물을 향해 빛을 쏘아댄다. 그러자 건물이 불을 뿜으며 폭발한다. 그곳은 EX 별의 핵 연구소인데 사찰을 피해 비밀리에 진행되는 핵 연구를 발견하고 폭파한 것이라고 한다.

"그럼 그 EX 별에서도 모선을 공격할 것 아닙니까?"

"이 모선 둘레 4킬로까지 백만 볼트의 전기가 흘러 그 안으로 들어오는 모든 물체는 타버리도록 설계되었습니다."

"그럼 핵을 많이 가진 지구는 어떻게 응징합니까?"

"그동안 소형 이글아이로 여러 번 지구의 곳곳을 사찰해서 내린 결론이 지구는 만만히 건드려서는 안 될 별이라고 생각해 만반의 준비를 하고 있습니다."

세담이 안내천사와 이야기를 하는 동안 모선은 본부 정거장에 정지해 모든 것을 다시 점검한다. 30일 동안의 시운전을 마친 모선은 곧 지구태양계로 떠나는데, 떠나기에 앞서 모선 선장이 결혼을 한다는 것이다. 세담은 신부가 누구일까 생각하면서 그날을 기다렸다.

선장님의 결혼식

선장의 결혼식 날, 세담은 모선 안에 있는 결혼식장으로 가서 식장을 둘러보다가 상호와 수영을 만나 함께 안으로 들어갔다.

야구장 같이 생긴 식장 앞에 단이 있고 단 좌우는 장미꽃으로 장식되어 있다. 그 위로 양쪽의 봉황이 신랑신부가 서있을 단을 쳐다보고 있다. 천정에는 오색 빛의 샹들리에가 걸려있고 양 벽면에도 오색 빛을 발하는 꽃들로 장식되어 있다. 세담은 지구에서 말로만 듣던 봉황을 보니 너무 황홀하다. 천국의 새라고 표현해야 옳을 것 같다. 눈과 깃이 너무 눈부셔서 쳐다볼 수가 없다. 신랑 신부를 응시할 두 마리 봉황의 눈에는 성스러운 기운이 가득하다. 식을 올릴 시간이 다가오자 손님들이 하나둘 입장하기 시작한다. 영파워 XQ 대부분의 고위 인사가 참석하고 있다. 하객들이 넓은 홀 안의 둥근 탁자에 둘러 앉아 담소를 나눈다. 세담 일행도 탁자에 앉아 두런두런 이야기를 나누며 이따금씩 단을 쳐다본다.

시간이 되자 사회자가 식순에 따라 식을 진행한다. 주례는 영파워 XQ 위성의 국방장관께서 하시겠다는 사회자의 소개가 끝나자 앞자리에 앉아 있던 국방장관이 주례석으로 올라선다.

하얀 양복에 빨간 나비넥타이를 메고 등단한 주례가 '신랑 앞으로' 하는 것과 동시에 불이 꺼지며 양쪽 봉황 눈에서 흘러나온 파란빛이 신랑을 비춘다. 까만 양복 차림의 신랑은 하얀 와이셔츠에 황금빛 나비넥타이를 매고 행진곡에 맞추어 당당하게 입장한다. 다음은 사회자의 신부 소개가 이어진다.

"오늘의 신부님은 특이한 곳에서 온 분이라 간단한 약력 소개를 먼저 하겠습니다. 신부님은 지구라는 별에서 온 문주미 선생님입니다. 오늘의 결혼은 독신주의자였던 테일러 선장님이 자기를 희생한 문주미 신부님의 아름다운 마음에 감동해 성사된 것입니다. 지구에서 배를 타고 학생들과 수학여행 길에 올랐던 신부님은 배가 침몰하는 극한의 위기에서 자기의 안위를 생각하지 않고 학생들을 먼저 구하려다가 이곳으로 온 분입니다. 그리고 오늘 신부님의 손을 잡고 들어오실 분은 신부를 위해 양아버지가 되어 주신 지구 안산의 단오고등학교 이보수 역사 선생님입니다. 여러분 많은 격려와 성원을 보내주시기 바랍니다."

사회자의 소개가 끝나기도 전에 하객들은 장내가 떠나갈 듯 박수를 보낸다.

사회자가 '신부입장!' 하자 문 주미 선생이 음악에 맞춰 역사 선생님의 팔장을 끼고 입장한다. 그 모습을 본 세담은 자기도 모르게 눈시울이 붉어지며 콧등이 시큰거린다.

'대한민국은 저렇게 책임감이 투철한 선생님들이 있어서 행복한 나라 아닌가? 가르치는 학생을 자신의 분신이라고 생각하는 선생님들. 나만 잘 살면 그만이라고 생각하는 일부 못된 부류도 있으나 대한민국 선생님들은 그렇지 않았다. 정의로 충만한 선생님들이다. 특히 단오고 열두 분의 성생님은 모두 학생들과 죽음을 같이했다. 대한민국은 선생님들과 같은 분들이 있어 희망이 있는 나라다.'

그런 생각을 하느라 식이 어떻게 진행됐는지도 잘 모를 지경이었던 세담은 신랑과 함께 피로연장에 나타난 문주미 선생님을 보자 달려가 와락 안긴다. 세담을 품에 꼭 안은 선생은 옆에 있는 상호와 수영과도 반갑게 포옹한다. 문주미 선생이 세담을 보며 말했다.

"세담아 너 자신만 생각했다면 살았을 것을, 너는 살신성인의 정신 때문에 여기로 왔구나."

"아니에요. 우리들은 선생님들이 자랑스러워요. 한두 분도 아니고 열두 분이 다 하늘나라로 오시다니요? 다른 사람들은 몰라도 대한민국의 선생님들은 정말 훌륭한 분들이세요. 선생님을 보니 너무 반가워요. 결혼 진심으로 축하드려요."

"그래, 나도 반갑고 고맙다."

"신혼여행은 어디로 가세요."

"우선은 바닷가 방갈로에서 1박 하고 열흘쯤 있다가 지구로 갈 거야."

"그때 우리도 꼭 데려가 달라고 선장님께 이야기해 주세요."

"염려마라. 선장님께 특별히 부탁해 놓았으니까 우리 모두 지구로 갈 수 있을 거야."

"고맙습니다. 선생님!"

그렇게 일주일이 지난 후 테일러 선장이 이글아이 모선 제원 설명을 한다며 모이라고 했다. 세담 일행은 앞좌석에 자리를 잡았다. 연단에 오른 선장이 차분한 목소리로 말문을 열었다.

"이글아이 모선을 설계하는데 5년, 부품을 만들어 조립하는데 10년이 걸렸습니다. 넓이는 20.500ha인데 지구에서 온 분들이 있으니 그들이 알기 쉽게 이야기 하겠습니다. 지구에서 온 분들은 자기가 살다가 온 한국 수도 서울의 넓이를 대강 짐작으로 알 것입니다. 이 모선은 서울 삼분의 일 넓이에 높이는 가장자리가 백 피트고 중앙은 삼천 피트 입니다. 동력은 작은 태양 즉 핵융합으로 발전시킨 전기를 씁니다. 최대의 동력은 태양의 일억 분의 일이 되겠습니다. 이 모선은 앞으로 우리 영파워 XQ 태양계를 떠나 지구태양계까지 사찰을 하게 될 것입니다. 지구 위성 불량국가들의 핵을 자체 폐기하도록 경고하고 세원호 침몰로 수많은 학생들을 잃은 대한민국의 안산이라는 도시로 가서 학생들과 역사 선생님, 또 제 신부인 문주미 선생이 잠깐 동안 부모님을 만나게 해드릴 것입니다."

세담은 선장의 말이 끝나자 벌써부터 지구에 있는 엄마 생각이 간절하다. 세담은 '엄마 내가 생체로 변해 엄마를 보러 갈게! 조금만 기다려! 산 영혼이 되어 만나는 거니까 다시 살아서 만나는 거나 마찬가지야!' 하고 속으로 외치고 또 외친다.

세담은 엄마 생각을 하다가 불현듯 세원호가 떠오른다. 배가 한 시간 반이나 걸려 서서히 가라앉았는데도 2백 50여 명의 열 일곱 꽃 같은 학생들이 죽도록 방치하고 있었다니 새삼스럽게 분노가 치밀어오른다. 이제 영파워 XQ가 한국에 가면 역사 선생님이 여왕을 만나 그 진실을 밝혀줄 것이라고 하니 그때 가서 모든 사실을 알게 될 것이라며 주먹을 불끈 쥐었다.

모선 지구를 가다

이글아이 모선이 지구로 떠나는 날인데 더없이 화창하다. 모든 준비를 끝낸 모선은 출발만 기다리고 있다. 모선 조정실 한쪽 자리에는 세담, 상호, 수영, 문주미 선생, 역사 선생이 앉아 있다.

계기로 꽉 차있는 벽면에서 오 미터 쯤 떨어진 의자에는 선장 이하 모든 운전 요원들이 앉아있다. 이륙시간이 되어 스피커에서 들려오는 카운트 다운이 끝나고 쉬 소리를 내며 모선이 움직이자 운전요원들의 눈은 벽의 계기판에 고정된다. 그들의 조정으로 일 분도 안 되어 큰 호수 위에 정지한 모선은 십 분

동안 취수를 한다는 안내 방송을 한다.

세담은 설레는 감정을 억누르고 창문 밖을 내다보니 호수의 물이 십 분 동안에 반으로 줄어든다. 그렇게 많은 물을 취수한 모선은 상승하더니 잠깐 사이에 외기권에 진입했다고 모니터에 선명하게 나타난다. 외기권을 통과해 하루 동안 비행한 모선이 드디어 N 위성 삼만 피트 상공에 정지한다.

세담 일행이 안내천사에게 소형 이글아이를 타고 바깥 구경을 하고 싶다고 하자 잠깐 기다리라고 한다. 선장실로 들어간 안내천사는 조금 있다 문주미 선생, 역사 선생과 같이 나온다. 안내천사는 문주미 선생 덕분에 네 분이 바깥 구경을 하게 되었다고 한다. 원래는 전투 요원들이 소형 이글아이로 모선을 떠나 N 위성을 정찰한 다음 바로 떠나려던 계획이었는데 문주미 선생이 일행과 함께 N 위성을 구경하고 싶다고 하자 선장님이 예정에도 없는 특별 배려로 민간인들에게 전투 요원들의 정찰 모습을 지켜보게 허락했다는 것이다.

모선이 너무 커서 소형 이글아이를 탄 세담 일행은 중형 이글아이 기지에 도착해 중형 이글아이를 타고 미끄러지듯 모선을 떠난다. 곧 N 위성 삼천 피트 상공에 정지한 중형 이글아이에서 소형 이글아이들이 하나, 둘 빠져나가기 시작한다. 세담 일행은 소형 이글아이를 타고 가까운 거리에서 N 위성을 보고 싶지만 안 된다는 것이다. 지구와 비슷한 N 위성은 영파워 XQ 태양계에서 자연조건이 제일 좋은 편에 속해 인간과 비슷한 요괴들이 사는데 혹시라도 그들이 위해를 가할까봐 허락할 수 없다는 것이다.

세담 일행이 못내 아쉬워하자 천사는 N 위성의 요괴들이 보고 싶으냐고 물었다. 그렇다고 하자 일행을 중형 이글아이의 정찰실로 데리고 간다. 정찰실에 들어서니 큰 화면에 산과 들이 나타난다. 숲이 우거지고 시냇물이 졸졸 흐르고 있는데 그 중간 중간의 건물들을 사찰한다는 것이다. 세담은 새삼 궁금해 안내천사에게 물었다.

"천사님, 저 위성은 우리가 살던 지구와 비슷한데 어떤 동물들이 살고 있나요?"

안내천사가 빙그레 웃으며 옆의 화면을 가리켜서 보니 좀 전까지 보이지 않던 요괴들이 나타나 기어다니고 날아다닌다. 그렇게 N 위성의 동물들을 살펴보고 있는데 갑자기 중형 이글아이에서 강렬한 빛을 아래로 발산하자 땅에서 폭발이 일어나며 흙먼지로 근처가 순식간에 암흑세계로 변한다. 세담은 놀라서 소리를 지른다.

"천사님. 지금 무엇을 한 것입니까?"

"우리 영파워 XQ에서 가장 싫어하는 핵 개발의 징후가 보이는 곳을 강력한 전류로 불태워버린 것입니다."

"그러면 N 위성에서도 반격을 할 것 아닙니까?"

"세담 학생, 모선에서 이글아이에 대한 제원 설명을 들었을 텐데요. 이 세상 어떤 것도 우리 모선에 대적할 무기는 없어요."

N 위성으로 정찰 나갔던 소형 이글아이들이 모두 돌아오자 중형 이글아이는 모선으로 돌아간다. 그렇게 N 위성을 정찰한 다음 다시 외기권으로 간 모선은 지구태양계를 향해 달린다. 모선이 달리는 동안 세담 일행은 헬스클럽에서 운동을 하다가 심심하면 자연으로 둘러싸인 도서관으로 가서 책을 읽는다. 그렇게 모선에서 28일이 지나자 드디어 지구태양계에 진입한다.

지구태양계에는 문명이 발달한 곳이 많아 여러 곳을 정찰해야 하는데 그 중에서도 은하계 속에는 뛰어난 문명을 가진 위성이 많아 자세히 정찰해야 된다고 한다. 특히 EQ 위성은 특별 정찰 대상이란다. 모선에서는 영파워 XQ 태양계의 N 위성을 제압할 때와 똑같이 중형 이글아이를 발진시켜 이만 피트 상공에 띄워 놓고 소형 이글아이로 정찰을 시작한다.

세담 일행은 거기서도 안내천사의 호의로 중형 이글아이의 정찰실로 들어가 모니터를 보고 있다. 중형 이글아이를 떠난 소형 이글아이들이 사뿐히 EQ 위성에 내리자 전투 요원들이 밖으로 나가 EQ 사람들과 이야기를 나눈다. 잠시 후 EQ 사람들이 이글아이 전투 요원을 데리고 어디론가 사라진다.

궁금증이 부쩍 커진 세담 일행은 모니터를 뚫어져라 바라본다. 화면 속의 EQ들은 전투 요원이 의심하는 곳을 모두 보여주고 큰 홀로 들어간다. 홀 안에서는 EQ 사람들이 모여서 연극을 보고 있다. 세담 일행은 문주미 선생을 찾아가 EQ 나라에 내려가보고 싶다고 간청한다. 그러자 문주미 선생이 선장에게 부탁해 재가를 받아온다.

그들은 소형 이글아이를 타고 EQ 위성으로 내려가 어느 가정집에 들어간다. 자동번역 기능이 장착된 작은 칩을 귀에 꽂고 있어 상대방과의 의사소통에 불편함이 없다. 세담이 EQ의 주민에게 이곳은 평화가 온 누리를 비추고 있는 것 같다고 하자, 그는 그렇게 급히 알려고 하지 말고 영화관에 가서 영화를 보며 이야기하자고 한다. 세담 일행은 영화 감상을 하며 관객이 영화 속으로 들어가 주인공이 되어 행동하는 것과 똑같이 느껴며 이곳 문화가 지구보다 한차원 높다는 것을 실감한다.

연극을 보는데도 지구의 예술인들이 여기서 배우지 않으면 모든 예술이 정복당할 수 있다는 느낌이 들 정도로 훌륭하다. 미술관에 가니 그 차이는 더욱 극명하게 드러났다. 그곳의 안내천사는 너무 앞에서 보지 말고 삼 미터 정도 떨어져서 보라고 한다. 천사가 시키는 대로 삼 미터 떨어져 보는데 그림 속의 사물들이 움직이는 것으로 보인다.

지구의 그림이 정적이라면 이곳의 그림은 동적이다. 벌판의 억새풀이 지구의 그림에서는 움직임이 없는 반면 이곳의 그림은 움직인다. 억새풀이 바람이 부는 대로 움직인다. 그림을 어떻게 그렸으면 저렇게 보일까? 세담은 너무 궁금해 화랑의 안내 EQ에게 물었다. 그는 과학이 삼차원 쯤 발달해야 저렇게 그릴 수 있고 보는 사람 눈에도 그렇게 보인다면서, 지구는 오백 년쯤 지나야 그 원리를 알게 될 것이라고 덧붙인다.

안내 EQ는 다른 위성들이 전쟁을 하기 위해 무기 개발에 몰두해 있을 때 우리 위성은 모든 힘을 문화 예술에 쏟아 부은 결과 이처럼 국민들의 감성이 발달했다며 전쟁 같은 동적인 행동은 후진별에서나 하는 짓이라고 목소리를 높였다.

"우리 EQ 사람들은 진즉에 예술을 발달시켜 태어날 때부터 좋은 감성으로 태어나 태양계의 어떤 위성보다도 문화와 예술이 발달됐어요. 그 결과 전쟁이 사라졌지요. 모든 세계가 자기들만 잘 살려고 아귀다툼과 전쟁을 벌이는데 그것은 예술을 등한시해 일어나는 현상입니다. 예술을 발달시키면 모든 동물이 좋은 감성으로 태어나 그 사회는 전쟁을 잊어버립니다. 한마디로 전쟁을 좋아하는 종족은 미개한 종족입니다."

소형 이글아이가 EQ 위성 곳곳을 살펴보았으나 뚜렷하게 의심할 것이 없자 중형 이글아이의 선장도 더 이상 정찰할 것이 없다고 판단해 돌아오라고 지시한다. EQ 위성의 남다른 문화와 예술세계를 감상한 세담은 생각에 잠긴다. '그래 한국 사회도 저렇게 문화가 강물처럼 흐르는 사회를 만든다면 이기주의는 사라지고 평화가 충만한 사회가 될 거야. 그래 맞아. 저 EQ들이 우리 지구보다 오백 년 앞섰다는 그 말이.' 세담은 그들의 문화가 지구 모든 나라의 문화를 넘어섰다고 생각하며 모선으로 돌아오자 문주미 선생이 반갑게 맞아준다.

"그래, 구경 잘했어?"

"예."

"그런데 우울해 보여? 무슨 일 있었어?"

"무슨 일이라기보다 귀중한 교훈을 얻었어요."

"귀중한 교훈?"

"선생님. EQ 위성은 한마디로 문명국이었어요. 문화가 강물처럼 흐르는 사회, 무력이 없는 사회, 그런 사회에서는 우리 같은 죽음은 상상할 수도 없는 일이라는 것이지요. 그들의 말을 듣고 너무 큰 감동을 받았어요."

"EQ 사회의 문화 수준이 그렇게 높아?"

"예, EQ 사람은 지구의 문명이 자기네 위성보다 오백 년 정도 떨어진 미개 위성이라고 했어요."

"세담아! 그것은 네가 느낀 감상이 그런 거야."

"감상이 그렇다니요?"

"지구의 현실은 자본주의가 지배하는 사회라 자본가들의 욕심을 무시하고는 못 사는 사회야. 그래서 자본주의를 타파하고 문예부흥을 일으키려면 앞으로 오백 년이 걸린다는 뜻일 거야."

"그럼, 결국 EQ 사람 말이 맞지 않아요."

"아니야. 선장님이 한 말이 있어."

"선장님이 무슨 말씀을 하셨는데요?"

"구체적인 말씀은 하지 않으셨지만 지구로 가서 미국을 응징해 보면 알게 된다고 하셨어. 지구 모든 약소국들의 권력은 미국이 좌지우지 해. 한국도 미국에서 좋아하는 세력을 옹호해 집권을 시켜. 약소국 정부는 그들이 시키는 대로 움직이는 거야. 그 결과 약소국의 정권도 자연스럽게 미국의 권위주의에 물들어 중앙집권적이야. 그래서 무슨 일이 벌어지면 응당 담당자가 처리할 일을 위의 눈치나 보고 있는 거지. 국가나 개인 회사나 스스로 처리해도 될 일을 꼭 상부에 보고하고 나서 결정을 내릴 수 있는 사회, 그런 한국 사회의 피해자가 우리들이야."

세담은 문주미 선생이 말한 한국의 현실에 실망하면서도 한편으로는 모선이 미국에 가면 과연 어떤 일을 할까 궁금해졌다.

미국
후버댐 위의 모선

이글아이 모선은 이십억 광년이나 되는 거리를 한 달에 주파해 최종 목적지인 미국 상공에 도착했다. 계절은 녹음이 우거진 초여름이다. 미 동부의 졸부들은 봄을 즐긴다며 흥청망청 놀고, 중부의 농민들은 밀 보리를 걷어 들이느라 바쁜 나날을 보낸다. 서부의 환락도시 라스베이거스에서는 영일 없이 흥청거리고, 할리우드에서는 쉬지 않고 영화가 만들어지고 있다. 미국 전역이 이렇게 평화스러운데 유독 중부의 콜로라도 산맥 깊은 동굴 속에서만 소란이 벌어지고 있다.

깊은 동굴 속 방공센터의 비상벨이 날카롭게 울리자 클라크

실장은 백악관 비서실에 위급상황을 알리는 긴급전화를 한다. 대통령 비서실에서는 실장이 아직 출근 전이라 우왕좌왕 하다가 실장이 출근하자마자 그 사실을 재빨리 보고한다. 실장은 직접 통화를 하고 싶으니 방공사령관에게 전화를 연결하라고 지시한다. 전화가 연결되자 방공사령관은 지금 미국 중서부에 있는 후버댐(네바다 주와 애리조나 주 경계에 있음) 삼만 오천 피트 상공에 큰 괴물체가 떠있는데 그것이 무엇인지 도저히 알 수 없으니 대통령께 빨리 보고해서 어떻게 처리할지 답을 달라며 전화를 끊는다.

비서실장이 대통령에게 비상전화를 하자 방금 잠에서 깨어난 대통령이 무슨 일이냐고 물었다. 비서실장은 지금 후버댐 삼만 오천 피트 상공에 괴물체가 떠있다는 중부 방공사령관의 긴급보고가 있었다고 보고한다.

"그럼, 대기권 안에 있다는 것인가?"

"네, 그렇습니다."

그때 또 비상벨이 울린다. 겁먹은 표정의 비서실장이 수화기를 잡으니 중부 방공사령관의 다급한 목소리다.

"실장님. 지금 그 괴물체가 후버댐 만 피트 상공까지 내려왔습니다. 어떻게 할까요?"

비서실장은 대통령에게 그 사실을 보고하면서 동시에 비상전화로 국방부장관과 육해공군 참모총장, CIA국장에게 연락한다. 그제서야 대통령이 집무실로 들어선다. 조금 후 국방장관 이하 각료들이 속속 도착해 대통령 집무실이 별안간에 비상상황실이 되어 비서실장은 그동안 벌어진 일을 브리핑한다.

"방공사령부 보고로는 뉴욕시 사 분의 일만 한 크기랍니다."

"그렇게 큰 물체라면 더 자세히 관찰해야 되지 않겠나?"

대통령과 비설실장의 대화를 듣고 있던 국방장관이 나선다.

"더 관찰할 게 뭐 있습니까? 공격해야 합니다."

대통령은 국방장관에게 힐난조로 내뱉는다.

"아니, 만 피트 상공에 떠서 아무 짓도 안 하는데 공격이라니? CIA국장! 아는 정보 없나?"

"예, 자세한 정보는 없고 제 생각으로는 우주에서 온 괴물체로 생각됩니다만."

그때 또 비상전화 벨이 울리며 중부 방공사령부 사령관의 다급한 목소리가 들린다.

"실장님, 지금 괴물체가 후버 댐 삼천 피트 상공까지 내려왔습니다. 어떻게 할까요?"

그러자 국방장관이 또 나선다.

"각하 어서 명령을 내리십시오. 공격해야 합니다."

대통령은 삼군 사령관들을 훑어보며 그들의 의견을 물었다.

공군 사령관이 지금 당장 공격해야 한다고 하자, 육군참모총장과 해군참모총장도 동의를 한다. 그러자 대통령도 어쩔 수 없이 공격명령을 내린다.

그 시각 이글아이 모선은 후버댐 물을 빨아올려 절반은 정수해 물탱크로 보내고 절반은 밖으로 내보낸다. 모니터로 그 광경을 보고 있던 세담 일행은 너무 놀랍다. 미국 오클라호마의 대평원에서 발생하는 토네이도의 회오리바람 같은 물기둥이 후버댐에서 이글아이 모선으로 연결되었는데 그 위력으로 후버댐 반경 4킬로 안이 아비규환으로 변한 것이다.

후버댐에 있는 모든 물체가 모선으로 빨려 들어갔다가 다시 외부로 내쳐지는 무서운 광경이다. 회오리의 원리로 빨아들인 물의 절반은 저장탱크로 들어가고 절반은 밖으로 방출되자 댐 4킬로 안의 농부들은 기겁을 한다. 천지개벽을 한다더니 이게 천지개벽 아닌가 싶다. 생전 처음 보는 토네이도에 비가 억수로 쏟아지는 가운데 물고기까지 마구 떨어지고 있다.

그런 모습을 처음 본 농민들은 십자가 앞에 엎드려 기도를 하기 시작한다.

“오-오 하나님 아버지. 우리 어린 양들을 불쌍히 여기시어 노여움을 거두어 주십시오.”

그때 이글아이 모선에서 갑자기 경보음이 뚜뚜 울리며 긴급

상황을 알린다. 선장은 재빨리 모니터를 쳐다본다. 미국에서 출동한 비행체들이 시시각각 모선을 좁혀오고 있다.

선장은 비상벨을 누르고 요원들에게는 모니터를 주시하라고 명령한다. 둥근 원으로 되어있는 이글아이 모선은 원의 둘레 4킬로 밖까지 백만 볼트의 전기가 흘러서 괜찮으나 혹시라도 다른 변수가 생길까봐 모니터를 잘 보라고 지시한 것이다. 모선 가까이 온 비행체에서 미사일을 발사하지만 모선 4킬로 밖에서 모두 터져 버린다. 그 장면을 보고 있던 목장의 카우보이들은 타고 있던 말이 놀라 날뛰는 바람에 말에서 떨어져 하늘만 쳐다보고 있다.

미국의 비행기 조종사들이 이글아이 4킬로 앞에 와서 보니 구름 덩어리만 보인다. 이글아이의 모선에서 내뿜어지는 수증기가 밖에서 보면 구름 덩어리처럼 보인 것이다. 이글아이가 대기권에 들어오고 나갈 때나, 응급 시에 뿜어낸 안개가 모선을 구름으로 보이게 한 것이다. 모선 밖에서 보면 구름인데 비행기 레이더에는 엄연한 쇳덩이 물체로 나타난다. 전투기 조종사들은 본부에 그대로 보고하지만 본부에서는 아무리 분석해도 정체를 알 수 없다. 그래서 장관 이하 삼군사령관들까지 대통령에게 핵을 사용해야 한다고 압력을 가한다.

그들은 그 구름덩이의 크기가 뉴욕시 사 분의 일만 하고 높이가 삼천 피터쯤 되는 괴물체이니 핵폭격을 가해야 한다고 목소리를 높이지만 대통령은 감히 핵을 쓰라는 말은 못하고 머뭇거린다. 참모들은 더 큰일을 겪기 전에 서둘러 핵폭격을 해야 한다고 대통령을 계속 압박한다.

대통령은 어쩔 수 없이 물러가지 않으면 핵을 쓸 것이라는 최후통첩을 하지만 괴물체와 교신이 되지 않아 중폭격기에 실린 핵폭탄 투하 명령을 내린다. 명령이 떨어지자 모선 위에 떠 있던 중폭격기 조종사가 바로 핵폭탄 투하 버튼을 누른다. 그러자 핵폭탄이 가랑잎 같이 떨어진다.

이글아이 모선의 MK테일러 선장은 계속 모니터를 주시하고 있는데 별안간 비상경보가 울린다. 천정 모니터를 보니 모선 위에서 미군의 중폭격기가 핵폭탄을 떨어뜨리는 것이 아닌가? 뒤뚱거리며 하강하던 핵폭탄이 모선 4킬로 밖에서 터지자 순식간에 구름 꽃이 피어오르며 회오리바람이 불며 모선이 마구 요동을 친다. 핵폭탄 공격을 받은 것이다. 모니터로 그 모습을 지켜보던 모선의 조종실 비상요원들은 선장의 결단을 기다린다. 분노에 찬 표정의 선장이 급히 명령을 내린다.

“위로 급발진.”

그러자 이글아이 모선은 3초 만에 삼만 오천 피트 상공까지 올라간다. 선장은 안전요원을 내보내 모선 위쪽을 살펴보게 한다. 방진복을 입은 안전요원이 모선 위로 올라가 검사를 하더니 방사능 낙진으로 해서 당분간 모선 위는 못쓰게 되었다고 보고 한다.

선장은 머리끝까지 화가 치밀었다. 취수를 하고 평화적인 메시지를 남기고 가려했는데 불시에 핵 공격을 당한 것이다. 선장은 계획을 변경한다. 우선 경고 차원으로 뉴욕시에다 취수한 물을 쏟아붓기로 하고 뉴욕시 상공에 모선을 정지시켰다. 선장이 그에 앞서 영어를 할 줄 아는 요원을 찾자 부인인 문주미 선생이 나선다.

"당신이 영어를 할 줄 알아요?"

"예, 제가 영어 선생을 하다가 영파워 XQ 별로 간 것이에요."

"그럼, 뉴욕시민들에게 대피하라는 방송을 해요."

봄 축제를 즐기느라 정신이 없던 뉴욕시민들은 하늘이 검은 구름으로 뒤덮여 대낮인데도 컴컴해지자 불꽃을 마구 쏘아 올린다. 자유의 여신상도 불을 환하게 밝혀 봄 분위기를 한껏 돋우고, 허드슨 강 여객선 안에서는 밴드 소리에 맞추어 흥겹게 춤을 추고 갑판 위에서는 노래를 부른다. 그 바람에 확성기에서 숨가쁘게 울려퍼지는 대피 경고 방송을 듣지 못한다. 문주미 선생은 선장이 시키는 대로 마이크로 계속 경고방송을 한다.

"뉴욕시민 여러분. 거듭 경고합니다. 나는 이글아이 모선의 문주미 통역관입니다. 우리들은 물이 필요해 후버댐 물을 취수하는 과정에서 미국으로부터 핵 공격을 받았습니다. 평화적인 우리에게 핵을 쓰는 당신들에게 경고 차원으로 뉴욕시에 물세례를 퍼부울 것이니 앞으로 십 분 안에 십 미터 위로 올라가시기 바랍니다."

뒤늦게 그 말을 들은 뉴욕시민들은 무슨 헛소리야 하는 부류와 무조건 건물 옥상으로 올라가 하늘을 쳐다보는 사람으로 나뉘어진다. 경고한 십 분이 지나자 검은 구름으로 뒤덮인 모선에서 물 폭탄이 쏟아진다.

뉴욕시는 일순간 물바다가 된다. 물이 쏟아진지 오 분 만에 십 미터까지 차오른다. 뉴욕시민들은 물에 떠다니며 살려 달라고 울부짖는다. 아비규환 속에 이십 분쯤 지나자 물이 빠지기 시작한다. 너무 놀란 뉴욕시민들은 신이 노한 것이라고 생각한다. 그렇지 않고는 설명이 안 되는 현상이다. 십 미터까지 찼던 물이 빠졌지만 시가지 바닥은 오히려 씻은 듯이 깨끗하다. 뉴욕 시민들은 신이 미국의 오만에 경종을 울린 것이라고 생각하고 앞으로 어떻게 대처할 것인가를 놓고 의견이 분분하다.

취수한 물을 다 써버린 이글아이 모선은 다시 취수를 위해 러시아의 바이칼 호수 삼만 오천 피트 상공에 정지한다.

러시아 우랄 산맥의 방공사령부는 전 세계 정보를 취합하는 모 기지이다. 그곳 요원들은 후버댐 위에 떠있는 괴물체를 미국이 핵으로 공격하는 것을 지켜보고 있었다. 그런데 뉴욕시에 물 폭탄을 투하한 괴물체가 삽시간에 바이칼호 위에 머무르자 당황해서 우왕좌왕하다가 푸틴 대통령에게 보고한다.

클레믈린 궁에서 보고를 받은 푸틴은 방공사령관에게 허둥대지 말고 자세히 지켜보라고 명령한다. 미국 후버댐 위에서 핵 공격을 받고도 끄떡없는 물체라면 외계에서 온 것이 틀림없다고 판단했기 때문이다. 함부로 덤벼 모스크바도 뉴욕 꼴을 당하지 않게 해야 한다는 생각에 우선 지켜보고 있다가 외계인이 공격하면 그때 가서 대처하려는 계획이다.

그런데 방공사령부에서 급보가 왔다. 괴물체가 바이칼 호수 삼천 피트 상공에 떠있다는 것이다. 푸린은 회심의 미소를 짓는다. 미국은 TNT 1백만 톤 위력의 핵폭탄으로 위에서 공격했지만, 러시아는 TNT 1백만 톤 위력의 핵폭탄을 미사일에 장착해 밑에서 위로 쏘아 올릴 작정을 하고 미사일 부대에 명령을 내린다.

비상경계령 속에서 취수를 하고 있던 이글아이 모선은 밑으로부터 공격해 오는 물체가 모니터에 나타나자 취수를 중단하고 삼만 피트 상공으로 부양하면서 모선 밑으로 2백만 볼트의 전류를 흘려보내지만 미국에게 당한 공격보다 더 큰 피해를 입는다.

1백만 톤 위력의 미사일을 밑에서 위로 쏘는 바람에 2백만 볼트의 전류의 방어벽 반이 뚫린 것이다. 모선 10킬로 밖에서 핵이 터졌지만 1백만 톤 핵 공격을 받으니 모선도 취약점이 노출되어 일시 정전이 되었지만 중형 모선의 전기로 대체해 위기를 모면했다.

이글아이 모선 선장은 어처구니가 없다. 지구의 모든 문명국들은 그냥 놔두면 저절로 멸망하겠지만 처가나라인 한국까지 멸망하면 안 된다는 생각에 우선 러시아 우랄산맥 안의 핵미사일 부대를 물바다로 만들어 버린다. 그 바람에 우랄산맥의 모든 핵 기지들은 초토화된다.

우랄산맥의 핵 기지 근처 사람들은 영문도 모른 체 별안간 비가 쏟아지자 놀라서 기도를 하다가 핵이 터지는 순간 이제 다 죽는구나 싶었지만 다행히 물속에서 터져 죽지는 않았다. 바이칼 호에서 취수를 한 이글아이 모선은 모스크바 상공에 물 폭탄 세례를 퍼붓지만 푸린 대통령은 재빨리 대피한 후라 화를 모면했다. 바이칼 호수 위에 괴물체가 떠있다는 보고와 동시에 푸린은 각료들과 비밀 아지트로 숨어 모니터로 이글아이를 지켜보며 두려움에 떨고 있었다. '우리 지구는 아직 멀었어. 저것은 틀림없이 외계에서 온 물체야. 단 한 대 만으로도 지구가 이 지경인데 만약 열 대가 온다면 지구는 최후의 날을 맞을 것 아닌가' 하고 생각하자 오금이 저려왔다.

괴물체는 폭탄도 안 쓰고 오직 물로 모든 것을 제압했다. 바이칼 호수는 러시아 국민 전체가 십 년 먹고도 남을 담수인데 그것이 십 분 사이에 눈에 뛰게 줄어들었다는 보고를 받았다. 지구의 과학으로는 도저히 설명이 안 되는 현상이다. 핵폭탄 발사 후 러시아 원자력 청에서 모스크바의 방사능 수치를 재보니 도저히 사람이 살 수 없는 수치이다.

핵 공격을 받은 이글아이 모선 밑바닥에 붙어 있었던 방사능 낙진이 모스크바 상공에 물바다를 만들 때 함께 씻겨내려 사람이 살 수 없는 곳으로 변한 것이다. 이글아이 모선을 상대로 핵 공격을 한 것이 러시아를 일순간 궁지에 빠뜨린 것이다.

이처럼 미국과 러시아는 이글아이 모선이 한 번 왔다간 것만으로도 자중지란에 빠졌다. 우주를 정복한다고 우쭐대던 두 나라는 앞으로 어떻게 해야 저 우주의 과학문명을 이길 수 있을까 걱정하는 처지로 전락하고 말았다.

안산 상공의 이글아이 모선

바이칼 호수의 물을 취수한 이글아이 모선은 한국 안산 상공 삼만 오천 피트 상공에 도착한다. 중국은 방공사령부의 레이더가 그것을 시시각각 체크하면서도 특유의 신중함으로 지켜보고만 있다. 괴물체가 왜 저 조그만 나라 상공에 떠있을까? 의심스러워진 중국 당국은 주한 중국대사로 하여금 한국 정부의 대응을 타진케 했다.

아무것도 모르고 있던 한국 정부는 중국 대사관의 제보를 받자 어찌할 줄 모르고 우왕좌왕한다. 사실 한국 정부는 서해에 떠있는 구름이 수상해 기상대에 알아보게 하니 순수한 구름이 아닌 것 같다는 보고를 받았던 터이다. 구름 속에 비행기라도 있다는 것인가 싶어 레이더로 자세히 살펴봐도 알 수 없어 좀 더 두고 보자는 판단을 하고 있는데 중국 대사관의 제보를 받은 것이다. 비상체제로 들어간 한국군 수뇌부는 괴물체의 움직임을 시시각각 왕궁에 보고한다.

상공의 이글아이 모선에서는 참모 회의가 한창이다. 참모들은 선장에게 여기서 또 핵 공격을 받아 어느 한 곳이라도 뚫리게 되면 영파워 XQ 위성에 돌아가지 못한다는 보고를 한다. 참모들의 보고를 들은 선장은 내려갈 수도 없고 그렇다고 부인인 문주미 선생의 나라 상공까지 왔는데 그냥 갈 수도 없어 난처한 입장이다. 쉽게 결정을 내리지 못하고 우물거리는데 문주미 선생이 선장실에 들어와 한국은 미국과 러시아와 같은 핵을 가지고 있지 않으니 세담 일행만이라도 부모님을 보고 오게 해달라고 간청한다. 선장은 어이없는 표정으로 아내를 바라본다.

“그럼 당신은 부모님을 안 봐도 괜찮다는 거요?”

“여보, 나도 나지만 저 학생들은 부모님께 인사라도 드리게 편의를 봐줘야 해요.”

“제자를 사랑하는 당신의 마음 정말 대단해요.”

“대단하긴요? 스승이 제자 사랑하는 것은 당연한 것이지요.

저 아이들의 부모님은 사는 게 사는 게 아닐 텐데요. 특히 세담 엄마는 어떤 마음으로 하루하루를 보내겠어요."

한참 동안 문주미 선생을 바라보던 선장이 마침내 입을 연다.

"당신 참 훌륭하오. 잠깐이지만 저들을 집으로 보내주겠소."

"고마워요. 언제나 당신의 호의에 감사하며 살게요."

"당신이 그런 아름다운 마음의 소유자라 내가 결혼까지 한 것이오. 이렇게까지 자기를 희생하고 제자를 사랑하는 당신의 고운 마음 때문에 허락하겠오."

선장은 부모님께 선물로 드리라며 세담 일행과 역사 선생에게 반지를 하나씩 선물한다. 세담이 선장께 고맙다고 하자 선장은 먼저 것은 당신들 영혼이 담긴 반지고 이것은 아마도 지구의 다이아몬드 같은 보석일 것이라고 한다.

그렇게 다섯 사람은 선장의 배려로 소형 이글아이에 각각 승선해서 집으로 찾아가지만 이보수 역사 선생만 집이 아니라 여왕이 있는 왕궁으로 향한다.

세담을 태운 소형 이글아이가 세담이 다니던 초등학교에 사뿐히 내려앉자 운동장에서 놀던 학생들이 이리 뛰고 저리 뛰면서 난리이다. 초등학생들은 갑자기 나타난 괴물체를 보고 놀라 눈이 휘둥그레지는데 괴물체 문이 열리며 사람 모양을 한 파란 불이 나오더니 어디론가 사라진다. 기겁을 한 아이들이 급히 교무실로 뛰어간다.

"선생님! 운동장 좀 보세요!"

"너희들 왜 그렇게 호들갑을 떨어?"

"선생님. 빨리 운동장을 내다보세요!"

아이들에게 떠밀려 운동장을 내다보던 선생님들도 놀라서 한동안 우왕좌왕 하다가 급히 상부에 보고한다.

임사체에서 깨어난 세담 엄마는 일상생활로 돌아갔으나 며칠 못 버티고 다시 시름시름 앓아누웠다. 세담이 지구태양계가 아닌 더 좋은 위성으로 가 행복하다 해도 거기는 저승 아닌가? 아, 불쌍한 내 새끼. 한 번만 더 봤으면 하는 비통한 마음으로 하루하루를 견디고 있다. 그런데 현관문 열리는 소리가 들려 거실로 나가니 뜻밖에도 세담이가 엄마를 부르며 다가오는 것이다.

변 여사는 놀라면서도 반가움에 세담을 와락 껴안았다.

"이게 꿈이냐 생시냐? 세담아, 네가 살아 돌아오다니?"

"엄마! 이건 생시도 아니고 꿈도 아니야."

"혼자 사는 내가 불쌍해 하나님께서 너를 살려 보내주신 거야! 이렇게 네 얼굴이 생생이 손에 잡히는데 꿈도 아니고 생시도 아니라니."

세담은 엄마의 흥분이 가라앉기를 기다렸다가 자세히 설명을 한다.

"엄마 나는 영파워 XQ란 별나라에 살고 있는데 지구로 올 때는 하루 생체 12분, 영혼 12분으로 살 수 있게 개조된 사람이야. 그래서 12분이 지나면 도로 영혼이 되어 엄마 눈에는 보이지 않아. 그러니까 12분 동안만 나를 살아있는 아들이라고 생각 해!"

세담은 가지고 간 목걸이를 엄마 목에 걸고 반지는 손가락에 끼워준다.

"세담아, 고맙다."

"엄마, 이 목걸이는 우리들의 혼이 담긴 목걸이고, 반지는 모선 선장님께서 주신 좋은 보석이야. 나의 분신이라고 생각하고 항상 착용하고 있어."

그동안 밀린 이야기를 미처 끝내기도 전에 예정된 12분이 지나는 바람에 세담은 엄마에게 또 오겠다며 나가려고 한다. 화들짝 놀란 변 여사는 세담을 껴안고 놓아주지를 않는다. 그러자 세담은 영혼이 되어 엄마 품을 살며시 빠져나와 사라졌다.

“엄마, 나 가봐야 돼. 또 오게 될 거야. 그때까지 잘 지내세요.”

역사 선생과 여왕의 대화

세원호 침몰로 긴장상태에 있던 여왕이 잠시 쉬려고 침소로 가려는데 별안간 비상벨 소리가 들리며 경호대장이 달려온다.

“폐하, 빨리 비서실로 가보셔야 되겠습니다.”

여왕은 다급한 보고에 경호대장과 함께 서둘러 비서실로 들어선다. 여왕을 본 비서실장이 잔디밭을 가리키며 보라고 한다. 그곳에는 접시모양의 물체가 앉아 있다.

여왕이 저것이 무엇이냐고 묻자 경호대장은 자기도 처음 보는 물체라 조사해보겠다며 경호대원들을 앞세워 괴물체로 다가가다가 십 미터 앞에서 멈춰 선다. 괴물체에서 강력한 전류가 흘러나와 앞으로 갈 수가 없기 때문이다. 경호대원들은 어떻게 해야 하나 전전긍긍하는데 괴물체에서 사람 형상을 한 파란불이 나오더니 순식간에 왕궁 안으로 들어가는 것이 아닌가?

놀란 경호대장이 재빨리 파란불을 따라 들어가 여왕께 보고하려고 비서실로 갔지만 여왕의 모습도 보이지 않는다. 경호대장은 어찌할 바를 몰라 우왕좌왕 하다가 급히 내실로 연락을 하자 여왕은 쉬고 있으니 염려 말고 괴물체에 손대지 말라고 명령한다. 여왕은 조금전 경호대장이 괴물체를 살피러 간 사이 갑자기 나타난 파란 불을 따라서 내실로 들어온 것이다.

여왕은 자기 앞에 있는 파란불을 보며 날카롭게 물었다.

"넌 무엇인데 무엄하게도 멋대로 나를 내실로 인도하느냐?"

그러자 파란 불이 별안간 사람으로 변하며 이보수 역사 선생의 모습이 나타난다.

"나는 지난 4월 16일 진도 앞바다에서 영혼의 세계로 간 단오고 역사 선생입니다."

"그럼, 너는 영혼이란 말이냐?"

"예. 지금은 생체 영혼입니다."

"생체 영혼이라니? 그게 무슨 소리냐?"

"저는 4월 16일 하늘나라 세계로 갔다가 그곳에서 다시 영파워 XQ라는 태양계 밖의 위성으로 가서 그 위성의 인간으로 개조되어 24분은 영혼으로 살아 갈 수 있게 되었습니다. 또한 지구로 올 때를 대비해 특별한 목걸이를 준비해왔습니다. 이 목걸이는 목에 걸면 하루 생체 24분, 영혼 24분으로 살게 되는 영혼의 목걸이입니다. 지금은 여왕님 앞이라 영혼이 아닌 생체로 24분 동안 이야기 하고 싶어 여기에 서있는 것입니다. 여왕님 제가 보이시지요?”

“그래 보인다. 그런데 왜 내 앞에 나타났느냐?”

“여왕님과 진솔한 이야기를 나누고 진실을 알고 싶어서입니다.”

이보수 역사 선생의 말에 여왕은 냉담한 어조로 차갑게 쏘아붙인다.

“진솔한 이야기와 진실을 알고 싶다니? 내가 네게 그렇게 해야 하는 이유가 무엇이란 말이냐?”

“그것은 저를 비롯한 수많은 사람들이 진도 앞바다의 세월호 참사로 죽어가고 있는데도 여왕님이 그에 상응하는 대책을 강구하지 않았기 때문입니다.”

“그럼, 내가 방관하고 있었단 말이냐? 나는 수차례 서면보고를 받았고 그때마다 관계부처에 신속한 구조를 지시하고 재촉하면서 비상대책본부에도 직접 나가서 독려까지 했다. 더 이상 어떻게 해야 했다는 말이냐?"

"그렇게 최선을 다했는데도 그 많은 실종자들 가운데 단 한 사람의 생존자도 구하지 못한 것입니까? 여왕님의 지시는 밑으로 내려가면서 혼선을 빚었고 결국은 대책본부만 만들어 사람을 살릴 수 있는 골든타임에도 불구하고 현장에서는 위의 지시를 기다려야하는 답답한 결과만 가져왔습니다."

"네가, 역사 선생이라고 하더니 좌편향의 전교조 교사냐? 어째서 좌익 종북 세력들이 하는 말을 그대로 하고 있느냐?"

"저는 전교조 교사도 아니고, 아이들에게 종북을 가르치는 역사 선생님도 아닙니다. 다만 수많은 인명을 희생한 참사의 진실을 알고 싶을 따름입니다."

"그것은 지금 전문가들이 알아보고 있는 중이다. 네가 건방지게 왈가왈부 할 일이 아니다."

매몰차게 말을 잘라버린 여왕은 역사 선생을 매서운 눈으로 노려본다. 발갛게 상기된 얼굴에는 참을 수 없는 분노와 무슨 수치스러운 일을 하다가 들킨 것 같은 양면성이 슬쩍슬쩍 엿보인다. 그런 여왕의 모습을 정면으로 응시하던 이보수 역사 선생이 찌르듯이 불쑥 물었다.

"여왕님의 인생관이 무엇인지 궁금합니다."

갑작스러운 이보수 역사 선생의 물음에 잠시 머뭇거리던 여왕이 특유의 쇳소리가 묻어나는 목소리를 높인다.

“뭐, 내 인생관?”

“예. 여왕님은 인간의 삶을 무엇이라고 정의하시겠습니까?”

“인간의 삶? 나는 인간의 삶이란 본능대로 사는 것이라고 생각한다.”

“그럼 국가를 경영하는 왕의 삶은 어떤 것이라고 생각하십니까?”

“왕의 삶이라고? 그럼 내가 물어보자. 너는 대한민국의 왕을 무엇이라고 정의하고 싶은 것이냐?”

“저는 일국의 왕은 국민의 어버이라고 생각합니다.”

“그래, 말 잘했다. 왕은 동양권에서는 옛날부터 국부라고 지칭하는 것을 너도 알고 있구나.”

“그럼, 국부의 삶은 어떠해야 한다고 생각하십니까?”

“너는 역사 선생이라며 그동안의 한국 왕들의 행태를 몰라 묻는 것이냐? 그들 대부분은 나는 국부다 하는 생각에 젖어 갖은 권력을 휘두르며 산 것을 잘 알면서 왜 묻느냐?”

“그럼, 그것이 정당하다는 것입니까?”

“정당하지! 국부는 나라의 아버지인데 무소불위의 권력을 휘두르며 산 것이 뭐가 잘못된 것이냐?”

“그래서 여왕님도 그렇게 사는 게 옳은 삶이다 생각하시고 수백 명이 수장되는 몇 시간 동안이나 모습을 보이지 않았던 것입니까?"

"그게 뭐 잘못된 것이냐? 나는 본능을 따르다가 깊은 잠에 빠졌다. 그러니 감히 비서실에서도 깨우질 못하고 전전긍긍한 것으로 안다. 그런 일이 있으면 비서실장이 자체적으로 해결해도 되는 일을 그놈의 보고와 결제가 무엇인지 그것을 기다리다가 그렇게 된 것 아니냐?"

"그럼, 본능을 철저히 지키느라 국민이 삼백여 명이나 죽었어도 어쩔 수 없는 일이다 그런 말씀입니까?"

"넌, 무슨 뜻으로 그런 질문을 하느냐?"

"그러니까 여왕님은 책임이 없다고 생각하시냐? 그런 말씀입니다."

"내가 직접적인 책임이 있다는 것이냐? 너도 알다시피 국부는 국부다워야 한다. 그런 일에 일희일비 하면서 어떻게 나라를 다스린단 말이냐?"

"그럼, 일부이긴 하나 명예욕에 사로잡혀 수많은 사람을 죽이고 왕이 되어 갖은 호의호식 누리다가 그만 둔 왕들의 행태가 모두 옳다는 말씀입니까?"

"한국 사회에서는 그것이 옳은 것 아니냐? 너도 알다시피 어떤 왕은 권력에 눈이 멀어 수백 명을 대낮에 죽였어도 대다수 한국의 지식층이란 것들이 출세에 눈이 어두워 그에게 아부한 것을 잘 알지 않느냐? 그런 사람들 때문에 수백 명의 국민을 죽인 그의 친구가 투표를 통해 민선 왕이 된 것을 역사 선생인 네가 누구보다도 잘 알면서 왜 그런 질문을 하느냐? 대한민국은 진즉 그런 나라 아니냐? 전부는 아니지만 많은 지식인이 친일 보수를 정당화하고 신처럼 받들어 모시니 친일파들이 더욱 의기양양해서 권력을 쥐고 날뛰는 사회가 아니냐?"

"그럼, 여왕님도 그게 옳다는 말씀입니까?"

"옳지 않으면? 국민이 지지하는데 뭐가 잘못됐다는 것이냐? 대한민국은 그런 국민이 사는 나라가 아니냐?"

어이 없는 얼굴로 여왕의 말을 듣고 있던 역사 선생은 부들부들 떨리는 음성으로 목소리를 높인다.

"지금까지 저는 여왕님 실체와 대화를 했습니다. 그러나 이 시간 이후로는 여왕님 영혼의 세계에 들어가 대화를 하겠습니다."

"그게 무슨 소리냐?"

"여왕님의 실체와는 대화가 통하지 않으니 거짓이 없는 영혼의 세계에서 한번 대화해 보자는 것입니다."

"어디 네 마음대로 해보거라. 네가 원하는 진실을 찾을 수 있는지."

여왕의 말이 끝나자 이보수 역사 선생의 모습이 사라지고 별안간 파란불이 나타난다.

“여왕님, 지금 제가 보이십니까?

“안 보인다.”

“그럼, 지금부터 제가 여왕님을 영혼의 세계로 인도하겠습니다.”

파란 불이 여왕을 감싸는 순간 영혼으로 변한 여왕이 역사 선생이 가리키는 벽을 본다. 그 벽이 갑자기 모니터로 바뀌며 현란한 화면이 나타난다. 남녀가 발가벗은 채로 욕정을 불태우며 괴성을 지른다. 그런데 화면의 여자가 여왕을 많이 닮았다. 그것을 본 여왕은 고개를 떨구고 그만 그만하며 손으로 얼굴을 감싼다. 역사 선생은 여왕에게 저 동영상이 4월 16일 오전 5시간 동안 여왕님이 하신 일 아닙니까? 물으면서 이제 저와 갈 곳이 있으니 따라 오십시오 하더니 순식간에 왕궁을 벗어났다.

여왕
영혼과의 대화

여왕 영혼과 역사 선생 영혼은 시은의 방으로 와 세담과 시은이 만나는 장면을 보고 있다.

생체로 엄마를 만난 세담은 영혼으로 바뀌어 시은의 방에 도착한다. 방에서는 로미오와 줄리엣 경음악이 약하게 흐르고 있다. 세담은 침대에 누워있는 시은을 애틋한 눈으로 내려다본다. 허공에 시선을 둔 시은의 파리한 얼굴에 눈물자국이 번져 있다.

"시은아 어디가 아픈 거야?"

세담의 목소리를 들은 시은이 화들짝 놀라서 몸을 일으켜 주위를 두리번거린다.

"너 세담이니?"

"그래, 나 세담이야."

"지금, 내가 꿈꾸는 거야?"

"아니야. 내가 영혼이 되어 네 앞에 있는 거야."

"세담아! 영혼이라도 좋으니 앞으로 떨어지지 말고 같이 있자!"

"그랬으면 좋겠지만 나는 곧 가야 해."

"왜 가! 내가 싫은 거야!"

"아니야. 나는 하늘나라에서 우리 엄마 아빠 덕분으로 원죄 없는 잉태자로 태어난 것이 밝혀졌어. 그래서 하늘나라 황제가 지구태양계 밖의 영파워 XQ란 위성으로 보내주어 거기서 하루에 24분은 영혼으로 살게 개조되어 지구에 올 때는 12분 생체, 12분 영혼으로 있을 수 있어. 그래서 조금 전 생체가 되어 12분 동안 엄마를 만나고 왔어. 그리고 남은 시간 12분은 영혼이 되어 너를 보러 온 거야."

"세담아, 네 목소리만 들어도 너무 좋아. 나도 데려가!"

"안 돼, 시은아. 그렇지만 앞으로는 내가 살아있다고 생각해. 다음에는 꼭 생체로 널 만나러 올게."

"영혼이라도 괜찮아. 나는 너하고만 같이 있을 수 있다면 좋아. 그러니 날 데려가."

"시은아, 시간이 없어 가봐야 해. 또 올게. 건강하게 잘 있어."

"세담아, 가지 마. 나도 따라 갈 거야."

시은이 흐느끼며 애절하게 부르지만 세담의 흔적은 어디에도 없다. 주위를 둘러보며 세담이를 부르던 시은이 침대에 쓰러져 아득한 절망감으로 몸부림치며 오랫동안 괴로워한다.

그 광경을 지켜 본 여왕이 눈물을 주르르 흘리더니 역사 선생에게 말한다.

"역사 선생님. 이제 왕궁으로 가시지요. 그곳에서 드릴 말씀이 있습니다."

역사 선생은 여왕과 같이 왕궁으로 돌아와 앉았다. 여왕은 왕궁을 비추고 있는 찬란한 저녁노을에 취한 것 같은 얼굴로 천천히 입을 열었다.

"이것 봐요! 역사 선생! 우리가 지금 영혼의 세계에 들어와 있으니 진실에 관해 허물없이 이야기해 봅시다."

"좋습니다. 여왕님, 영혼의 세계에서는 누구의 눈치를 볼 필요도 없고 간섭도 받을 필요가 없습니다. 그러니 허심탄회하게 말씀하십시오."

"당신도 역사 선생이니 모르지 않겠지만 우리 대한민국은 정상인 나라가 아니지 않습니까? 36년간 일제 탄압을 받다가 해방되고도 친일파들이 총칼을 쥐고 정권을 잡아 조국독립을 위해 일생을 바친 독립운동 투사들을 좌익으로 몰아 죽인 나라가 대한민국 아닙니까?"

"맞습니다. 해방 이후 민중들에게 큰 지지를 받았던 조선건국준비위원회가 내걸었던 세 가지 강령만 제대로 지켰어도 이 지경이 되지 않았을 겁니다."

"그 세 가지 강령이란 게 무엇이었어요?"

"첫째, 모든 일본인 재산은 몰수해서 한국인에게 돌려준다. 둘째, 모든 토지와 공장을 농민, 노동자에게 귀속시킨다. 셋째, 모든 남녀는 평등한 권리를 갖는다는 것입니다. 하지만 친일 앞잡이들은 친일파 척결에 앞장섰던 반민특위를 해체하는 등 온갖 악랄한 수법을 동원해 자기들의 배를 채우기에 급급했습니다.

일제의 억압과 친일파들의 폭압에 시달리던 국민들은 새로운 세상을 꿈꾸었습니다. 하지만 남한에 들어온 미군정은 경험이 많다는 이유로 친일 관료들을 대부분 재등용했습니다. 그게 우리 민족 비극의 씨앗이었습니다. 덕분에 친일파들은 대부분

일제강점기의 지위와 재산을 그대로 유지하게 되었습니다. 반면 국내외에서 조국의 독립을 위해 죽음을 무릅쓰고 활동한 수많은 애국지사들은 민주주의 국가를 수립하기도 전에 친일파들 계략으로 암살되거나 제거되었습니다.

임시정부 수반이었던 김구 선생을 죽인 자가 누구입니까? 미국 CIA 사주를 받은 늙은이와 그의 추종자들 아닙니까? 그 장본인 안두희는 어떻게 살았습니까? 군납을 하면서 잘 먹고 잘 살았지요. 해방되고도 일본군 장교들과 친일 경찰들이 총칼을 들고 애국지사들을 난도질한 나라가 대한민국입니다."

"역사 선생의 말을 듣고 보니 새삼스럽게 부끄러운 생각이 듭니다."

"맞습니다. 그때 이 땅에 발 붙인 친일파들을 단호하게 단죄했으면 이 지경까지 온갖 협잡과 권모술수가 마치 정의인 것처럼 횡행하지는 않았겠지요."

"모든 것이 국가를 이끌어온 위정자의 잘못입니다. 역사 선생의 말대로 친일파는 마땅히 역사의 이름으로 처단했어야 옳았습니다. 북의 김 씨 일가들은 친일파보다도 더 나쁜 무리들입니다. 나라와 국민은 안중에도 없이 개인 욕심으로 뭉친 북의 김 씨 일가, 그들이 남한의 친일파들에게 6·25라는 선물 보따리를 안겨준 놈들입니다. 그 바람에 남쪽의 친일파들이 반공사상이 투철한 저희들 같은 애국자들이 있어 공산군을 물리쳤다고 미쳐서 날뛰게 만들었습니다. 그게 사실입니까? 아니지 않습니까? 미국이 저들의 국익을 위해 막아낸 것이지요. 그런데도 마치 자기들이 물리친 것 같이 선전을 하고, 조국을 지킨 의인이라도 된 듯이 행세를 하고 다닌 나라가 대한민국입니다."

"그렇습니다. 그런 친일파들이 명사가 되어 거드름을 피우며 국가의 앞날을 논의하는 웃지 못할 희극이 벌어진 것이지요. 많은 친일 매국노들이 해방과 더불어 노인을 국부라고 치켜세워 놓고 부정선거를 치러 이겼지만 그 부작용이 가져온 4·19로 많은 희생자를 내자 노인은 하와이로 쫓겨가고 민주정부가 들어섰어요. 하지만 그것도 잠깐 육군 소장이란 인간이 쿠테타를 일으켜 뒤집어 엎었습니다. 그들은 쿠테타를 조국의 근대화를 위한 것이라고 부르짖으며 정당화했지만 그것은 잘못된 것입니다. 군부 반란입니다. 반란이 무엇입니까? 역모입니다."

"옳은 지적이고 당연한 말입니다. 그 쿠테타를 일으킨 왕이 역사 선생이 알고 있듯이 바로 우리 아버지입니다. 그런데 그 후 더 무서운 일이 벌어졌잖습니까. 우리 아버지가 최측근 정보부장에게 죽자 내심 권력욕에 불타던 보안대장이 하극상을 일으켜 직속상관들을 죽이더니 그것도 모자라 왕의 즉위에 반대하는 광주 시민들 수백 명을 살해하는 만행도 서슴지 않았습니다. 그 모든 것이 미국이라는 버팀목이 있었기에 가능했습니다. 미국은 우리 아버지가 추진하던 핵무기 개발을 멈추기 위해 그 망나니 보안대장을 허수아비 왕으로 세우고 개발하던 모든 핵 장비를 미국으로 실어갔습니다.

그 후 6·29로 민주화가 되었습니다만 왕을 뽑는 선거에서 누가 왕이 되었습니까? 망나니와 같이 하극상을 일으켜 상관을 죽이고 광주 민간인 학살을 공동 모의한 자가 왕이 되었습니다. 나는 그때 생각했습니다. 우리 대한민국 국민은 악에 세뇌된 해바라기 형 인간들이다. 총, 칼과 돈을 가진 무리에게 무조건 아부하는 국민들로 꽉 찬 나라이다. 그렇다면 나도 왕을 해볼 수 있지 않을까 하는 욕심이 생겼습니다. 전체 국민이 원하는 것은 아니지만 절반이 그렇다면 도전해 보자고 결심을 가다듬었습니다."

"하지만 우리 국민들도 조금씩 깨어나 세 분의 문민 왕을 배출했습니다."

"문민정부 집권 기간 동안 그동안의 부정이 들어난 보수집단은 국민들의 저항에 부딪혀 거의 괘멸직전까지 갔습니다. 그러자 다급해진 보수인사들이 쿠테타를 일으켜 왕이 된 사람의 딸인 저에게 달려와, 보수 정당이 해체될 위기에 처했으니 정당을 맡아달라고 간청을 했습니다. 난 그때 내심 놀랐습니다. 어떻게 쿠테타를 일으켜 민주주의를 꺾어버린 독재자의 딸을 버젓이 저들의 간판으로 내세울 수 있을까 싶었습니다. 하지만 기득권 지키기에 급급했던 보수집단은 나의 아버지가 왕이었던 시절이 좋았다며 나를 적극 지지했습니다.

아버지가 죽은 후 오랫동안 칩잠하고 있던 나는 본격적으로 정치에 뛰어들어 첫 번째 선거는 졌지만 다음에는 승리해 결국 이 자리에 앉게 된 것입니다. 사실 나는 투표를 며칠 남겨놓고 여론조사 결과가 나쁘게 나와서 그만 두려고 했습니다. 많은 국민들이 왕이 될 자격이 없는 사람이라고 판단한 것이라고 생각했어요. 그러나 이 땅에서 가장 서민적이고 양심적인 권력을 행사한 왕을 자살로 내몬 전임 왕은 자기의 과오를 감추기 위해 정보기관을 동원해 나를 왕으로 만들었습니다. 그때부터 나는 전임 왕의 꼭두각시가 되었지요. 그래서 그의 부정부패를 파헤치지 못하고 우물거렸습니다. 그래도 처음 2년 동안 지지도가 50퍼센트를 넘었지만 진도 앞바다의 세원호 사고로 지금이 모양이 되었습니다."

"여왕님께서 우리 민족의 역사적인 맥락을 이 정도로 꿰뚫고 있어서 저는 매우 놀라고 있습니다. 저는 여왕님이 역사관이 전혀 없는 분인 줄 알았습니다."

이보수 역사 선생의 약간 비아냥거리는 말에도 불구하고 여왕의 내면 고백은 더욱 솔직하게 이어진다.

"사실 나는 왕의 자격이 없는 사람이지요. 옛날부터 마흔이 넘어도 장가 시집 안 간 사람은 애들이라고 했다는데 보수집단이 자기들 정체성을 저버리고 그런 나를 왕으로 만들었습니다. 애도 낳아 보지도 않고 길러 보지도 않은 내가 자식 잃은 아픔을 얼마나 알겠습니까? 책임을 통감합니다. 세월호 사고로 삼백여 명을 죽인 책임을 지고 물러나야지요. 그런데 보수인사들은 그날의 잘못을 덮는데만 급급했지 왕의 책임을 묻는 인간은 하나도 없었습니다. 측근들 가운데 한 사람이라도 '이제 그만 둘 때가 된 것 같습니다' 했다면 내가 무슨 수로 계속 왕을 합니까? 오히려 그들은 내 실책을 감싸느라고 사고수습은 점점 뒷전이었어요. 나의 5시간을 감추려고 온갖 방법을 동원해 방패막이가 되었습니다. 보수인사와 보수언론은 세월호 사건을 덮는데 혈안이었습니다. 덕분에 20퍼센트까지 떨어졌던 지지도가 오히려 올라가고 있습니다."

"사실, 많은 국민들은 세월호 참사의 급박한 상황에서도 5시간 동안 모습을 나타내지 않고 서면보고만 받았다는 여왕님의 주장을 믿지 못하고 있습니다. 저 역시 마찬가지입니다. 하지만 여왕님의 양심 고백을 들으면서 그것을 더 이상 거론하지 않기로 마음먹었습니다. 하지만 뒤늦게 하늘나라로 온 세 분의 영혼들을 만난 이야기는 해야겠습니다."

"세 분의 늦게 온 영혼이라뇨?"

"한 분은 아이들을 살리지 못한 자책감을 못이겨 스스로 목을 맨 단오고 교무주임 선생입니다. 또 한 분은 이 땅에서 어른으로서 살아가는 게 부끄럽다며 자결을 하신 분이고, 마지막 한 분은 세원호 선체 수색을 하며 실종자를 찾다가 애석하게 사고로 숨을 거둔 잠수부입니다. 저는 그분들과 반드시 세원호 참사의 원인 규명을 속시원하게 밝히겠다고 약속했습니다."

"잘 알겠습니다. 제 개인의 잘못된 부분도 부분이지만 이번 참사를 겪으면서 나는 속으로 큰 틀의 변화에 관한 생각을 보았어요."

"큰 틀의 변화라고요?"

"사실 나는 그동안 내가 지명한 고관대작들이 그렇게 법을 안 지키고 살았는지 미처 몰랐습니다. 서민은 도저히 상상도 못할 병역기피와 부동산 투기는 물론이고 주민세, 의료보험을 안 내는 것을 당연하게 여기고 있습니다. 그런데도 그들을 빼놓으면 시킬 사람이 없으니, 한심한 나라의 한심한 국민에 한심한 왕이 사는 나라지요.

이것이 다 친일 매국노들이 국민을 그렇게 길들여 놓았기 때문입니다. 국가와 국민은 안중에 없고 오직 환락만이 살 길이라고 행동하는 저들입니다. 저들의 뿌리는 친일 잔재들입니다. 그들이 이런 나라를 만들었습니다. 지금이라도 그 뿌리를 뽑아야 합니다.”

“여왕님이 이제라도 그렇게 말씀해주시니 죽어서 영혼이 된 저의 한이 조금은 풀리는 것 같습니다.”

“미안합니다. 몰염치한 인간을 국무총리로 임명해도 무조건 청문회를 통과시키라는 매국노 보수들입니다. 나는 혼자 생각에 잠길 때가 많았습니다. 친일 매국노가 판치는 이 나라는 희망이 없는 나라다. 우선 그들의 잔재를 청산해야 한다. 수없이 그 생각하다가도 보수파들이 반발하면 정치하기가 어렵다는 막막함에 주저앉곤 했습니다. 영혼의 세계니까 내가 지금 이런 말도 할 수 있지 그렇지 않다면 그들의 비협조로 정권을 유지하지 못합니다. 하지만 선생님 같은 억울한 영혼들이 하야를 요구하면 해야지요.”

여왕의 이야기를 듣고 있던 역사 선생이 긴 한숨을 내쉬면서도 희망이 섞인 마음으로 입을 연다.

“양심선언을 해주신 여왕님 고맙습니다. 당신은 끝까지 왕의 책무를 다하시면서 원하시는 큰 틀의 변화를 이루시기 바랍니다. 여왕님, 제 이름이 왜 이보수인지 아십니까?”

여왕은 역사 선생을 물끄러미 바라볼 뿐 말이 없다.

“우리 할아버지와 아버지는 대를 이어 독립운동을 하던 집안이었습니다. 하지만 해방되고 그게 도리어 약점이 되어 집안이 풍비박산이 났습니다. 그러자 어머님께서 자식인 내가 자칫 좌익으로 몰려 죽을까봐 이름을 보수라고 지었다는 겁니다.”

“아, 안타까운 일입니다. 그런 일이 어찌 역사 선생님 집안에 국한된 일이겠습니까? 얼마나 많은 국민들이 그런 고초와 억울한 일을 당하면서 살아왔고 살아가고 있겠습니까? 오늘 역사 선생님의 말을 마음 깊숙이 받아들여 친일청산의 중요한 지침으로 삼도록 하겠습니다.”

“여왕님 감사합니다. 시간이 많으면 여왕님의 이야기를 더 듣고 가겠습니다만 시간이 없어 한 가지만 부탁드리고 가겠습니다. 우리나라가 이 모양 이 꼴이 된 것은 해방되고 첫 단추를 잘못 끼웠기 때문이라는 것을 여왕께서도 잘 아신다고 하셨습니다. 친일파들이 자본주의 세상에서는 잘 살기만 하면 된다는 생각에 법을 지키면 오히려 바보인 사회를 만들었습니다. 국방의무도 안 지키고 세금 안 내는 것이 특권이라고 하는 그들입니다. 거기 일조한 인물이 바로 당신의 아버지인 전임 왕입니다. 그래서 지금이라도 그것을 바로 잡을 사람은 바로 여왕님입니다.

지금까지도 대한민국은 친일파들이 저희들 덕분에 근대화가 되어 이만큼 잘 사는 나라가 되었다고 떠들고 다니지만 사실은 저들이 아닌 문민정부의 왕들이 40년 정치를 했어도 이보다 더 잘 살 수 있었을 것입니다.

정의 세력이 아닌 불의 세력이 계속 집권한다면 이 나라는 앞으로 더 나아갈 수가 없을 것입니다. 국민의 힘을 결집하지 못한 나라는 언제고 국민의 힘이 결집된 나라에 뒤지게 되어있습니다. 이 상태가 계속 지속되면 대다수 국민들이 어느 날 프랑스 혁명처럼 봉기하는 사건이 벌어질 지도 모릅니다. 여왕님께 최후의 부탁을 드리겠습니다. 지금이라도 여왕님의 힘으로 친일파들과 그 후손들이 권력에 절대 발을 붙일 수 없게 해주십시오. 그래야 진정한 민주주의 국가, 진정한 경제 대국이 될 것입니다.

나는 영혼의 세계로 가기 전에 여러 번 꿈을 꾸었습니다. 그 꿈 속에서 여러 독립유공자들을 보았는데 그분들은 하나같이 눈물을 흘리셨습니다. 유관순 열사, 김좌진 장군, 홍범도 장군, 안중근 의사, 김구 선생님과 같이 우리가 잘 알고 있는 독립투사인 그분들은 한결 같이 왜 우리를 두 번 죽이냐고 오열하였습니다. 그분들은 삼일절이나 광복절만큼은 독립운동을 한 후

손들에게 식을 거행하도록 맡기는 게 최소한의 도리라고 여기고 있습니다. 여왕님은 그분들의 울부짖음이 맞다고 생각지 않으십니까? 지금이라도 결자해지 차원에서 당신의 아버지인 전임 왕과 친일파들, 거기에 아부해서 잘 먹고 잘 살고 있는 인간들 백만 명에 대해서는 공민권을 제한해야 합니다. 그렇지 않으면 이 나라는 불의가 판치는 희망이 없는 나라로 몇십 년이 지속할지 모릅니다. 제 이야기가 너무 길었습니다. 이제 여왕님은 양심선언을 하셨습니다. 그런 여왕님께서 저의 제안을 들어 줄 것이라고 믿고 밖에 있는 UFO를 드리고 가겠습니다."

"UFO를 주겠다고요?"

"예, 여왕님. 저 UFO는 영파워 XQ 위성의 뛰어난 과학기술의 결합체입니다. 지구에서는 상상도 할 수 없는 기술력으로 만들어진 것입니다. 그 UFO를 한국 공군의 미사일 공격에 파괴되어 남겨놓고 간 것으로 하겠으니 잘 연구해 지구에서는 찾아볼 수 없는 뛰어난 신형 UFO를 만들어 미국으로부터 진정한 독립국이 되십시오."

여왕은 역사 선생을 멍하니 쳐다본다. 역사 선생은 이왕 말이 나온 김에 하는 표정으로 거침없이 계속 이어간다.

"제 말이 틀렸습니까? 사실, 우리나라는 진정한 독립국이 아니지 않습니까? 과거 천 년은 중국의 속국이었고, 36년은 일본

식민지였고, 지금은 미국의 속국 아닙니까? 자유 민주 국가라는 미국은 겉으로 정의를 부르짖지만 속으로는 자기네들 말을 안 들으면 왕도 갈아치우는 무서운 나라가 아닙니까. 여왕님도 잘 아는 사실이지만 제가 다시 말하니 등골이 오싹하지 않습니까?"

역사 선생의 말이 끝나자마자 잔디밭에서 폭발음이 들린다. 그 소리와 함께 궁 밖으로 빠져나간 역사 선생은 문주미 선생이 준 목걸이 때문에 이글아이 모선으로 돌아갈 시간이 조금 남아있어 서둘러 식구들을 만나러 집으로 간다.

역사 선생은 순식간에 그리워 하던 집에 도착했다. 선생 부인은 슬픔의 시간을 지내면서 '그래 잊자. 나 보다 자식을 잃은 학부형들이 더 원통하겠지. 나는 아들딸이 있지 않은가?' 생각하며 스스로를 달래고 있는데 남편이 거실로 들어서는 것을 보고 깜짝 놀란다.

"당신이 살아 있었어요?"

부인이 소리를 지르며 반색을 한다. 그 소리를 듣고 방에 있던 아들과 딸이 거실로 뛰어나와 아빠, 어떻게 된 거에요? 하며 자지러지게 놀란다. 역사 선생은 흥분한 그들을 달래느라 안간힘이다.

"너희들은 그동안 어떻게 지냈니? 당신은 또 얼마나 큰 고통 속에 지냈소?"

"당신이 살아 돌아왔으니 이제 됐어요. 나쁜 것들."

아내는 흥분으로 몸을 부르르 떨며 주먹을 불끈 쥔다. 그것을 본 역사 선생이 물었다.

"왜 그래요?

"왜 그러나마나 대한민국은 나라도 아니에요."

"나라가 아니라니?"

"차마 말로는 다 할 수가 없어요."

"그래도 이야기를 해주어야 알 것 아니오?"

역사 선생의 말에 부인은 입에 담기 싫은 그동안의 일들을 털어놓기 시작한다.

"그동안 304명의 억울한 목숨이 희생당한 충격으로 전 국민적인 추모 열기가 대단했어요. 그래서 정부는 전국에 희생자들을 추모하는 추모공간을 만들어 희생자들의 넋을 위로하도록 했어요. 그렇게 국민적인 열기에 협조적이던 정부는 추모 열기가 너무 뜨겁자 지레 겁을 먹고 추모공간을 줄이고 기간을 축소하더니 급기야 관변 단체를 앞세워 국민들의 추모를 방해하기 시작했어요. 뿐만 아니라 세월호 참사 때문에 장사가 안 되어 먹고 살기 힘들다는 상인들을 앞세워 유족들의 집회를 방해

하더니, 유가족들이 죽은 자식들 앞세워 보상금을 더 뜯어내려고 시체장사를 한다는 막말도 서슴지 않았어요. 어떤 교수는 종편 방송에 출연해 배가 침몰하는데도 가만히 앉아서 지시만 기다린 학생들은 생각이 없는 아이들이라는 말을 거침없이 뱉기도 했어요. 정말 기가 막혀 말이 나오지를 않아요."

부인은 억장이 무너지는 얼굴로 한숨을 내쉬며 더 이상 말을 잇지 못한다.

"진즉에 그런 나라지. 그렇지 않다면 배가 한 시간 반 동안에 걸쳐 가라앉았는데 지켜만 보고 있었겠소?"

역사 선생의 말투는 생각보다 덤덤하다. 이미 그런 일을 예견한 태도이다.

"당신은 그동안 어디 있었어요? 시체를 인양하지 못한 사람들은 아직도 배 안에 있다고 믿고 있는데……"

"조상님들 덕분에 좋은 곳에서 잘 지내고 있어요."

"그게 무슨 말이에요?"

"우리 할아버지와 아버지가 나라 구한다고 만주에서 독립운동을 하시다 돌아가셨소. 그 덕분에 하늘나라에서 내가 원죄 없는 잉태자로 태어난 것이 확인되어 영파워 XQ라는 위성으로 갔어요. 거기서 하루에 24분은 영혼으로 살아가도록 개조가 되었고 또 영혼의 반지라는 것을 얻었소. 그래서 그 반지를 끼고 여기에 온 것이오. 이 반지를 끼면 12분 생체, 12분 영혼으로 지낼 수 있소. 그래서 지금 생체로 이렇게 당신을 만나고 있는 것이요."

"어떻게 그럴 수가 있어요?"

"우리 영파워 XQ 위성에서만 가능한 일이라 지구에서는 이해하기 어려울 것이요."

"그럼 시간이 지나면 다시 영혼으로 돌아간단 말이에요?"

"그렇소, 당신 손을 이리 줘봐요."

부인이 손을 내밀자 반지를 손가락에 끼워주고 딸에게도 끼워준 역사 선생은 아들 서진에게는 뜻밖에도 목걸이를 내밀며 큰일을 하라고 이른다.

"큰일을 하다니요?"

"서진아. 나는 시간이 없어 가야한다. 여기서 12분이 지나면 다시는 영파워 XQ 위성으로 못 가! 그렇게 되면 정말 죽은 것이 돼."

"그럼, 지금은 살아계신 거란 말씀이세요?"

"그렇단다. 이 목걸이를 걸고 생체 24분, 영혼 24분 동안 여왕을 만나고 오는 길이라 이제 시간이 얼마 남지 않았다."

"여왕을 만나요?"

"그래. 앞으로는 여왕이 큰일을 하실 거다."

"그게 무슨 말씀이세요?"

"시간이 없어 자세한 이야기는 할 수 없고 여왕이 나에게 양심선언을 했단다. 그래서 내가 타고 온 UFO를 남겨놓고 가기로 했어. 한국 정부가 그것을 비밀리에 해체해 다시 만들면서 외계 위성의 뛰어난 기술을 연구해 일본이나 미국도 감히 넘보지 못하는 최고의 선진국이 될 것이다. 하지만 미국, 러시아, 중국, 일본 같은 선진국들이 가만히 보고만 있지 않을 것이다. 이 목걸이를 주고 갈 테니 만약 여왕이 곤경에 처하면 도와라. 목걸이를 목에 걸면 24분은 누구의 눈에도 보이지 않는다. 2년 있다 후에 올 것이니 그때까지 잘 있거라."

말을 마친 역사 선생은 삽시간에 가족들의 눈앞에서 사라졌다.

여왕은 꿈에서 깨어난 것 같은 몽롱한 상태가 되었다가 한참을 지나 제 정신이 돌아오자 경호대장을 부른다. 경호대장이 내실로 들어가자 여왕이 다급하게 물었다.

"밖에 아직도 UFO가 있는가?"

"예, 있습니다."

"그럼, 빨리 해체해서 외국 정보기관 모르게 감춰요! 나는 피곤해서 조금 더 쉴테니 UFO에 관한 것은 경호대장이 알아서 처리하세요."

지시를 내린 여왕은 자리에 눕더니 이내 혼곤한 잠속으로 빠져들었다.

하얀 리본

세월호 참사가 일어난지 몇 개월이 지났는데도 문주미 선생 엄마는 실성한 사람처럼 중얼거리며 거리를 헤매고 다닌다.

"나쁜 놈들! 저희만 살아남고 학생들을 다 죽여? 나쁜 놈들! 우리 주미를 죽인 놈은 누구인가? 선원들? 아니야 공무원들이야. 배가 기울어 침몰하는 한 시간 반 동안 상부에 보고만 한 인간들. 그동안 우리 주미는 그들을 믿고 학생들과 같이 있다가 죽지 않았는가? 나쁜 놈들. 아니야, 주미가 나를 버렸어."

그렇게 횡설수설하다가 길거리에서 엉엉 울어버린다. 옆에서 그 모습을 지켜보던 사람들 가운데 어떤 이는 같이 울고, 어떤 이는 저렇게 실성한 것이 당연하지, 생떼 같은 자식을 잃었는데, 라며 위안을 하는 이도 있다.

그렇게 반 실성해서 매일 거리를 쏘다니는 주미 엄마 앞에 문주미 선생이 홀연히 나타난다. 깜짝 놀라 눈을 비비던 주미 엄마는 눈앞에 서있는 딸을 부둥켜안고 눈물을 흘리며 볼을 쓰다듬는다. 주미는 그런 엄마를 안고 놓지를 못한다.

"엄마! 그동안 너무 보고 싶었어."

"엄마도 네가 보고 싶어 따라 죽으려고도 했단다. 살 이유가 있어야 살지. 하나뿐인 자식이 저 세상으로 갔으니 무슨 낙으로 산단 말이냐? 잘 왔다. 내 딸아."

"엄마, 죽는다고 하지 마. 나는 영원히 죽은 게 아니야. 하루에 12분은 살아있어. 그러니 아주 죽었다고 생각지 말고 굳세게 살아. 그래야 내가 또 오지."

"그럼 넌 지금 살아있는 것이 아니란 말이냐?"

"엄마! 내 몸을 만져봐."

다시 딸의 몸을 미친 듯이 더듬던 주미엄마가 울부짖는다.

"주미야, 너는 살아있어. 다시는 가지 말고 나하고 같이 살아야 돼!!"

"엄마 안 돼?"

"안 된다니?"

"신랑 곁으로 돌아가야 해."

"신랑이라니? 시집을 갔단 말이냐?"

"응, 시집갔어!"

"그럼 네가 외계인이 된 거란 말이냐?"

"맞아 엄마. 외계인 중에도 UFO 선장 아내야."

"선장이라면 지금도 치가 떨리는데 네가 선장의 아내라고?"

"엄마. UFO의 선장은 지구의 선장하고는 달라. 내가 학생들을 분신으로 생각하고 살다가 그 별 나라로 간 것을 갸륵하게 생각해 나와 결혼한 거야."

"그럼, 별나라에의 결혼이 행복하다는 거니?"

"그럼, 그 별나라는 지구보다 훨씬 자연환경이 좋고 기술문명이 발달한 곳이야."

그때 갑자기 주미 아빠가 불쑥 나타난다. 주미는 아빠를 보자 반가워서 품에 덥석 안긴다.

"주미야. 살아 돌아와서 고맙다."

"아빠. 나는 12분만 생체야! 12분 지나면 영혼이 되는 거야"

"영혼이라도 괜찮아. 너의 목소리만 들어도 너무 좋다. 그런데 결혼을 했다고?"

"그래요, 이곳에서는 제가 죽어서 엄마, 아빠가 슬프시겠지만 다른 별에서 결혼까지 해서 행복해요."

"주미야, 그렇다면 됐다. 그동안 슬픔과 절망으로 살았는데 네가 그렇게 행복하다면 된거야. 여보, 우리도 앞으로는 주미가 시집갔다고 생각하고 삽시다."

그렇게 말하는 아빠 가슴에 하얀 리본이 달려있는 것을 본 주미가 고개를 갸우뚱하며 물었다.

"아빠, 다른 사람들은 노란 리본을 달았던데 왜 아빠만 하얀 리본이야!"

"주미야! 옛날에는 자식이 부모보다 먼저 죽으면 불효자 취급을 받았단다. 하지만 너희들은 어른들의 잘못으로 죽었으니 어른들이 너희들에게 죄를 사해 달라고 빌어야 되지 않겠니? 그래서 하얀 리본을 달았단다."

"엄마, 아빠! 나는 오래 지체할 시간이 없어요. 신랑이 기다리고 있어 가봐야 해요. 내가 다시 올 때까지 건강하셔야 해요."

주미는 신랑이 준 목걸이를 엄마 목에 걸어 주고, 아빠께는 반지를 끼워드리고 홀연히 사라졌다.

이글아이 모선의 테일러선장은 참모들의 반대를 무릅쓰고 다섯 사람을 지구로 보내 놓고 마음이 불안하다. 혹시라도 중국이 핵으로 무모한 짓을 하면 모선의 방어벽이 뚫리고 말텐데. 그러면 모선이 뜨지 못하고 영영 지구 고철로 남을 것 아닌가? 하는 걱정에 잠깐 몸이 떨리지만 곧 고개를 저어 털어버린다.

그때 소형 이글아이에서 급보가 왔다. 한국 공군의 F35 제트 폭격기가 이보수 역사 선생이 왕궁으로 타고 갔던 소형 이글아이를 폭격했다는 것이다. 선장은 이보수 선생을 태우고 올 이글아이를 보내라고 지시하고 다섯 영혼이 돌아오는 대로 바로 이륙하라는 명령을 내렸다.

그 시각 상호 엄마는 골목으로 쏘다니며 '우리 아들 살려내! 살려내란 말이야! 이 나쁜 놈들아! 너희만 살고 우리 상호를 죽인 도둑놈들'이라며 미친 듯이 고함을 지르고 다닌다. 상호 아빠는 아빠대로 매일 술을 마시다가 내 고향 남쪽바다 가곡 소리가 나면 고래고래 악을 썼다. 그런 상호 아빠를 보며 손가락질 하는 사람들도 있다. 그때마다 상호 아빠는 너희가 자식 잃은 슬픔을 알아, 너희 자식이 죽었어봐 이 못된 것들아. 나도 죽고 싶은 마음 뿐이야 하고 고함을 질렀다. 그렇게 길거리를 배회하다가 집으로 와 거실 소파에 털썩 주저앉으면 그사이 먼저 집에 돌아와 있던 상호 엄마가 정신을 추스리고 남편을 위로한다.

"여보, 이제 잊어요. 오늘 상호 친구인 세담 엄마 소식을 들으니 우리는 그래도 나은 편이에요. 하나 밖에 없는 아들을 잃은 세담 엄마는 병들어 누워있대요. 우리는 상호 동생이라도 있으니 잊어야지요."

"당신이 나보다 강한 모양이요. 나는 길을 지나다 가고파 노래 소리만 들려도 미칠 것 같은데."

"그래요, 상호가 살아서 음대를 다녔으면 유명한 테너 가수가 됐을 텐데."

"여보, 당신이 날 위로 하느라고 강한 척 하는 것 다 알아요. 미안해요. 내가 당신만도 못하니."

상호 아빠와 엄마가 그렇게 서로를 위로하며 시름을 달래는데 갑자기 상호가 나타나서 둘은 화들짝 놀란다.

"상호니? 너 상호가 맞아?"

"예, 상호 맞아요."

"우리 상호가 살아 돌아왔구나."

상호 엄마는 아들의 몸 구석구석을 만져보며 어쩔줄 모른다.

"잘 왔다. 잘 왔어. 그렇지 않아도 너희 아빠가 죽고 싶다며 매일 술로 보내 걱정이었는데."

"엄마! 나 죽은 것도 아니고 산 것도 아니야."

"산 게 아니라니. 네 몸이 이렇게 손에 잡히는데 넌 살아있는 거야."

"아니야. 난 조금 있으면 돌아가야 돼. 엄마, 앞으로는 내가 죽었다고 생각하지 말고 살았다고 생각 해. 2년 있다 다시 올게. 지금은 시간이 없어 가야 돼."

"안 돼, 상호야 가지마! 가지마!"

엄마, 아빠가 매달리며 오열하지만 상호는 돌아설 수 밖에 없다.

그 시간 수영 엄마는 책장에 진열된 책을 보며 오늘도 눈물을 흘리고 있다. 수영 아빠도 세계적인 명작을 꼭 쓰겠다던 아들 생각에 잠을 못 이루고 소주를 들이키고 쪽잠을 잔다. 형이 술로 나날을 보내는 것을 보다 못한 동생이 가끔 술 대작을 하며 위로한다.

"형! 산 사람은 살아야 해요. 서영이를 봐서라도 너무 그러면 안 되지. 어서 정신을 추스려요."

"네 말이 맞지만 마음을 어떻게 못하니 답답할 뿐이다."

"형님 힘들어도 현실을 받아들여요."

"그래, 네 말대로 현실을 받아들여야 하는데……"

"우선 저 책장의 책부터 갖다 버려요."

그러자 수영의 동생인 서영이 완강히 반대하고 나선다.

“숙부 왜 그래요. 오빠 혼령이라도 보게 내버려둬요.”

수영 엄마가 그런 딸을 달랜다.

“서영아, 책을 보면 자꾸 소설을 읽고 있는 수영이가 보여 더 참기 힘들단다.”

서영은 그 말에 엄마를 얼싸안고 울음을 터뜨린다. 그때 누군가가 성큼성큼 거실로 들어온다. 인기척에 고개를 돌리던 수영 엄마가 깜짝 놀란다.

“너는, 수영이? 수영이야?”

“맞아, 엄마 나 수영이야.”

아들을 와락 껴안은 수영 엄마는 제정신이 아니다.

“네가 살아오다니? 어떻게 살아 돌아왔어?”

“살아 돌아온 것 아냐. 나 조금 있으면 가야 돼.”

“가다니? 이렇게 왔는데 어딜가? 안 돼.”

수영 아버지도 아들을 얼싸안고 이대로 가면 나는 못 산다고 울부짖는다.

“아버지, 이러지 말아요. 내가 엄마하고 서영이에게 반지를 주고 갈게. 엄마 이 반지는 영혼의 반지야. 이 반지를 끼면 12분은 상대방 사람이 보지 못해. 대신 상대방의 영혼 속으로 들어가 그 사람의 생각을 알아낼 수 있어. 그러니 우리가 왜 수장

되었는지 원인을 알아내는데 큰 도움이 될 거야. 나는 시간이 없어서 가봐야 돼. 그리고 2년 있다가 다시 올게."

수영은 눈깜짝 할 순간에 식구들 앞에서 모습을 감춘다. 남은 식구들은 미처 영문을 모른 채 어안이 벙벙할 뿐이다.

수영을 마지막으로 다섯 명 모두 모선으로 돌아오자 선장은 운전실에 급발진 명령을 내린다. 모선은 5초 만에 외기권에 도달한다. 선장은 그제야 안심하고 한숨을 내쉰다. 마치 오랫동안 우주여행을 한 기분이다.

모선과
미국 CIA

미국 뉴욕상공에 엄청난 양의 비를 뿌리고 러시아를 지나 한국 상공에 떠있는 모선을 계속 정찰하던 미국 정보기관은 왕궁 잔디밭에서 폭발한 작은 UFO 잔해를 미국으로 보내라고 계속 압력을 가하지만 한국 정보기관은 없다고 시치미를 뗐다. 한국 국방연구원의 과학자들은 몰래 감춘 UFO를 연구해 복원하면 세계를 제패할 날도 멀지 않았다는 희망에 젖어있다.

한국정부를 못 마땅하게 생각한 미국은 CIA를 통해 각 방면으로 UFO의 소재를 알아보다가 그 소형 UFO에서 파란 불이 나와 어디론가 사라졌다는 정보를 입수한다. 그들은 그 불덩이가 어디를 갔다가 이글아이 모선으로 돌아갔을까? 하는 것에 초점을 맞추어 정보를 수집하기 시작했다.

한국정보기관도 은밀히 그 파란 불빛의 행방에 관해 탐문 수사를 벌인 결과 진도 앞바다에서 죽은 세 학생의 집과 영어 선생, 역사 선생 집으로 들어갔다가 사라졌다는 사실을 밝혀냈다.

파란 불빛이 찾아간 곳이 김세담, 이상호, 김수영, 문주미 선생과 이보수 역사 선생 집으로 드러났지만 대놓고 부모들에게 물어 볼 수가 없다. 잘못 건드리면 사회분위기가 더 험악해질 수도 있다고 판단했기 때문이다. 한국정보기관은 비밀리에 다섯 집 모두 고성능 몰래 카메라를 설치하고 주야로 감시를 시작했다.

이글아이 모선으로 돌아간 세담 일행과 문주미 선생, 좀 늦게 도착한 이보수 역사 선생은 선장에게 고맙다는 인사를 한다. 문주미 선생은 진정 미안한 마음으로 선장에게 사과를 했다.

"여보, 정말 미안해요. 저 때문에 역사 선생님이 이글아이 한 대를 잃어서."

"아니요, 이번에 여기 온 소형 이글아이는 영파워 XQ로 가면 폐기처분 할 것들이었소."

“폐기처분을 하다니요?”

“여기 온 소형 이글아이는 이미 수명이 다 된 것들이오. 그래서 폐기할 것이었으니 너무 미안해하지 말이요. 그것보다 나는 주미 씨가 안 돌아오면 어쩌나 했는데 이렇게 돌아온 것만으로도 만족하오.”

“당신도 참, 나는 당연히 와야지요? 당신이 절 사랑하는 것보다 내가 당신을 더 사랑하는데요.”

“오오, 고맙소. 사실은 당신 마음 진작부터 알고 있었소.”

“내 마음을 어떻게 알아요?”

“다음 지구로 갈 때 알려주려고 했는데, 사실 우리 영파워 XQ로 와서 영혼 개조의 방에 들러 지금의 주미 씨가 된 것 아니요?”

“그런데요?”

“그 영혼 개조를 우리 영파워 XQ에서는 별로 사용하지 않아요.”

“왜요?”

“간단히 이야기 하면 모든 천체의 생명체는 영혼의 지배를 받아요. 지구에서는 자기네들 편리한 대로 신의 지배를 받는다고 하지만.”

“그럼 영혼의 세계가 신의 세계가 아니란 말이에요?

"주미 씨! 주미 씨는 먹고 싸는 게 본능이라고 알고 살지요?"

"그래요."

"그 본능을 지배하는 것이 영혼이란 뜻이에요. 그러니까 본능이 영혼이고 영혼이 신인 것이지요. 그런데 모든 천체 중에 영파워 XQ와 지구만이 신의 영역을 침범했습니다. 지구는 핵을 개발한 것이고, 영파워 XQ에서는 영혼을 개조한 것입니다."

문주미 선생은 고개를 갸웃한다.

"그럼 영파워 XQ 위성은 신의 영역을 침범해도 괜찮고 지구는 안 된다는 말인가요?"

"주미 씨! 영파워 XQ에서의 영혼 개조는 모든 천체를 다스리라는 신의 명령으로 하는 것이고, 지구의 핵 개발은 신의 허락을 받지 못한 것이기 때문이에요. 하여간 다음에 지구 갈 때는 주미 씨의 궁금증이 풀릴 것입니다."

"어떻게요?"

"그것은 세원호 회사 사장이 이미 태양계 영혼의 세계에 와 있을 뿐만 아니라, 그 외의 선장과 공무원들의 정신세계를 훤히 들여다 볼 수 있을 테니까요."

"어떻게 그럴 수가 있어요?"

"영파워 XQ 위성은 천국이라 남의 정신세계를 들여다 볼 필요가 없어 그 부분이 퇴화됐으나, 지구에서 온 다섯 분은 지구로 가서 목걸이는 24분, 반지로는 12분 동안 상대방의 영혼 속을 볼 수가 있어요. 그래서 영혼 목걸이와 반지를 드린 것입니다."

선장의 말을 듣고 있는 문주미 선생은 세원호 선장과 공무원들 생각에 몸이 부르르 떨린다. 다음에 갈 때는 반드시 그들의 영혼 속을 들여다보고 그들이 숨기고 있는 사실을 밝히리라는 결기를 세운다.

한편 이글아이 모선으로 돌아온 세담은 마음이 무겁다. 엄마가 아프지 말아야 할 텐데. 자기와 헤어진 후로 많이 수척해 보여 마음이 편치 않다. 불쌍한 엄마 뿐만 아니라 시은의 파리한 얼굴도 눈에서 좀처럼 떨어지지를 않는다. 세담은 참지 못하고 눈물을 흘린다.

선장은 모선이 외기권으로 들어서자 안심이 되어 각자의 시간을 보내며 쉬라고 한다. 세담은 우울한 기분을 풀어버리려고 체력단련실에서 땀을 흠뻑 흘리며 운동을 한다. 그래 잊는 거야! 잊고 우리는 우리의 삶을 살아야 해! 세담이 그렇게 새롭게 각오를 하고 중앙홀로 들어오니 역사 선생님이 혼자 앉아 깊은 사색에 잠겨있다. 세담이 선생님! 하고 불렀지만 건성으로 대답하는 것 같다.

"응-응, 그래 왜?"

"선생님도 귀여운 따님을 보고 오셨을 텐데 더 우울해 보이세요."

"사실은 여왕을 먼저 만났어."

"여왕을 만나서 그렇게 우울하세요."

"세담아, 여왕을 만나보니 그도 평범한 인간이었어."

"평범한 인간이라니요?"

"자기는 4월 16일 날 본능대로 밤을 지새우고 잠이 들어 보고를 늦게 받은 실수를 했다는 거야. 그 뒤에야 그걸 깨달았다고 양심 고백을 했어. 그래서 내가 많은 부탁을 하고 왔는데 그대로 지킬 수 있을지 걱정이 돼. 틀림 없이 벽에 부딪힐 것이 뻔한데 여왕이 과연 그것을 뚫고 나갈 수 있을까? 솔직히 회의가 들어. 그렇지만 여왕이 내 부탁을 안 지키면 앞으로 한국은 삼류국가가 돼. 국가의 기본은 무엇보다도 국민통합인데 그동안 한국은 국민통합이 되기 힘든 나라였지.

국민통합은커녕 친일파들이 총칼로 짓누르는 정치를 하다가 겨우 민주화가 됐지만 앞으로는 무엇보다도 국민통합이 중요한 시기야. 그렇지 않으면 영원히 삼류국가로 전락해 한국의 미래는 없을 거야. 여왕을 만나 많은 이야기를 했지만 생시의 여왕은 수구보수 세력과 똑같은 생각을 하고 있었어. 그게 자꾸 마음에 걸려. 그래서 영혼의 세계로 이끌어 대화를 하면서 정말 정의로운 한국을 만들어 달라고 부탁하고 오긴 했지만 여왕이 과연 그 일을 잘할 수 있을까 걱정이 돼. 지금 영파워 XQ로 돌아가면 2년 후에 다시 지구 정화를 위해 오는 이글아이 모선을 꼭 타야해. 문주미 선생과 너희들까지 힘을 합해 영파워 XQ 수뇌부를 움직여 반드시 지구로 다시 가야 해. 그래서 여왕이 대한민국을 얼마나 바꾸어 놓았는지 직접 확인해야 될 것 같아."

"알겠습니다. 그때가 되면 몰라보게 변해 있을 대한민국을 기대하면서 선생님도 이제는 편히 쉬세요."

"알았다. 너도 편히 쉬거라."

하지만 오늘도 시신을 수습하지 못한 유족들은 진도 앞바다의 깊은 어둠에 수장된 세월호를 바라보며 절규하고 있다.